hänssler

Kein Tag wie jeder andere

Kurzgeschichten

Winrich Scheffbuch

6. Auflage 1997
EDITION C-Taschenbuch, T 189
Bestell-Nr. 56.789
ISBN 3-7751-1237-5

Umschlaggestaltung: Heide Schnorr v. Carolsfeld
Printed in Germany

Inhalt

Der Junge mit dem Brotlaib

Es war schon früh dunkel geworden an diesem Winterabend. In den Baubaracken im Hinterhof der Firma, wo die Arbeiter wohnten, brannte das Licht.

»Da wohnen ja auch noch Leute!« dachte ich erstaunt. Noch immer kannte ich meinen Gemeindebezirk nicht ganz. Vor einigen Monaten hatte ich hier neu begonnen. Nach Feierabend blieb meist nur wenig Zeit, in der man berufstätige Gemeindeglieder antreffen konnte.

»Herein!« rief einer müde, als ich anklopfte. Ich trat in das trostlos wirkende Zimmer. Die verbrauchte, warme Luft roch übel. Das Zimmer war mit Betten, Tisch, Schränken und Stühlen gedrängt voll. Am Ofen war Wäsche aufgehängt. An den Wänden klebten aufreizende Fotos.

Einer lag schlafend im Bett. Ein anderer löffelte am Tisch aus einem Blechnapf. Er ließ die Zeitung sinken und schaute mich fragend an.

»Ich bin der neue Pfarrer hier!« stellte ich mich vor. Plötzlich unterbrachen die anderen ihre Tätigkeiten. Aus allen Ecken schauten sie mich verdutzt an. Offenbar hatte damit niemand gerechnet. Doch dann lachte der erste laut los: »Das hat uns gerade noch gefehlt!«

Die meisten hatten schon seit Jahren keinen Pfarrer mehr gesehen. Nein, besucht wurden sie nie. Wir saßen am Tisch und sprachen miteinander. Seitdem ich als Student in der Gesenkschmiede von Mercedes gearbeitet habe, liebe ich diese offenen und manchmal auch derben Männergespräche. Diese Leute sagen direkt, was ihnen nicht paßt. Sie fragen auch ungeniert. Nur wenn man darauf eingeht, wird man akzeptiert.

Einer fing an und berichtete Schauergeschichten von Christen, die ihm begegnet waren. »Wann war das?« Er erinnerte sich nicht mehr genau. Sicher war es über 30 Jahre her, und das meiste hatte er wohl erfunden.

»Ich möchte jetzt etwas von euch!« unterbrach ich schließlich. »Ha!« grinste der Alte, »in die Kirche kriegst du mich nicht.«

»Nein! Ich habe einen anderen Vorschlag. Jetzt sind die Adventssonntage vor Weihnachten. Ihr kommt zu mir heim, und wir feiern dort miteinander Weihnachten!« Zuerst hörten die Männer ganz still zu, als ich den Vorschlag machte, doch dann wehrten sie alle ab. Erst als sie merkten, daß ich einen ganz lockeren, gemütlichen Abend plante, wollten sie sich das in Ruhe überlegen.

Ein paar Mal mußte ich noch in den Baracken vorbeigehen, bis der Abend endlich steigen konnte.

Ob sie wohl kommen würden? Ich traute meinen Augen kaum, als am Abend wirklich fünf Männer vor der Türe aufkreuzten. Sie hatten sich richtig festlich angezogen. Ich hatte das nicht gewollt. Doch sie meinten: »Wir sind auch wer!« Sie sagten das ganz stolz.

Wir saßen am Tisch bei Gebäck und Tee. Als dann noch die Kerzen brannten, fingen sie an, in alten Erinnerungen zu kramen. Sie erzählten von daheim. Jetzt lag alles ganz fern. Es waren lauter schöne Erinnerungen an früher, obwohl damals schlechte Zeiten gewesen waren. Keiner hatte es leicht gehabt. Der eine war aus dem Osten geflohen und hatte sich dann mühsam durchschlagen müssen. Der andere war früh von daheim ausgerissen und wollte nie mehr zurück. Aber jetzt bei dem Gedanken an Weihnachten hatten alle doch von lieben Erinnerungen zu berichten.

Der Abend war fast zu Ende. Da begann auch der Alte, der die ganze Zeit geschwiegen hatte, zu reden. Man meinte, er schaute durch die Flamme der Kerze in die Ferne.

»Mein Leben ist ganz verpfuscht!« So fing er an. »Mir tut das nur leid wegen meiner Kinder.« Die anderen wußten nicht, daß er Kinder hatte. Sie sprachen nie davon. Und fragen wollte auch keiner.

Es war jetzt ganz still in unserer Runde. Alle schauten

nur auf den alten Mann, der eine schwere Last loswerden wollte.

»Der Alkohol hat mein Leben zerstört!« sagte er leise. Sonst lachten alle, wenn sie davon sprachen. Jetzt wußte jeder, welch eine unendliche Leidensgeschichte damit gemeint war. Er berichtete, wie er immer wieder hatte »trokken« werden wollen. Er war auch einmal bei Christen gewesen. Irgend etwas mußte ihn jedoch an ihnen abgestoßen haben. Er wollte nicht mehr trinken. Doch loskommen konnte er nicht. Wenn er dann betrunken nach Hause heimkehrte, ging er mit einer schrecklichen Wut auf seine Frau los und schlug sie mit den Fäusten. Er zerrte die Kinder aus dem Bett und verprügelte sie.

»Kennst du Manfred?« Er schaute mich durchdringend an. »Du mußt ihn kennen. Er wurde Pfarrer. Er kommt aus meinem Dorf und wohnte ganz in der Nähe von uns. Sein Vater war Bäcker.«

Erst als ihm wieder der Familienname einfiel, wurde mir klar, welchen Manfred er meinte. »Kommt der aus deinem Dorf?« Es kam mir zu unglaublich vor. Der erwähnte Manfred war in hohe Würden aufgestiegen, nachdem er seinen Doktor gemacht hatte.

»Genau, der ist's!« Der Alte lachte leise und holte umständlich aus, als er die ganze Geschichte erzählte. Vorher unterstrich er noch einmal feierlich, daß er grundsätzlich von Kirche und Christen nichts halte.

»Aber der Bub, der war ein Christ!« sagte der Alte mit Betonung. Er merkte dabei gar nicht, wie hoch er selbst Christen einschätzte, wenn er jenem Jungen diesen Ehrennamen beilegte.

Damals kam der Junge immer am Freitag zu der Familie des Alten. Es mußte schon lange her sein. Die andern in der Nachbarschaft verachteten den Säufer und gingen der Familie aus dem Weg.

Manfred aber stand immer am Freitagabend da, lächelte munter und blieb auch noch eine kleine Weile bei der Familie, wo alles drunter und drüber ging. Er brachte einen Brotlaib mit. Das bedeutete in der damaligen Hungerzeit ein großes Geschenk.

»Was der Junge tat, vergesse ich nicht!« sagte der Alte. Irgend etwas mußte ihn da berührt haben. Offenbar hatte Jesus durch diesen ganz einfachen und äußerlichen Dienst das Herz dieses Mannes erwärmt und ihm Hoffnung geschenkt.

Eine Zeitlang saßen wir schweigend um den Tisch, bis ich die Bibel holte und die Weihnachtsgeschichte aufschlug.

»Euch ist heute der Heiland geboren!« Ich mußte beim Vorlesen kurz innehalten und das erklären. Ich erzählte von dem trostlos harten Beruf der Hirten draußen auf dem Feld. Und wie die pikfeinen Leute von Bethlehem verächtlich auf die Hirten in ihren Arbeitsanzügen herunterblickten. Und doch suchte Gott diese derben Männer. Jesus sollte ihr Heiland sein.

Selten wird man als Pfarrer so aufmerksame Hörer vor sich haben, wie ich damals diese Männer. Ich erzählte ihnen, wie Jesus das dunkelste und traurigste Leben neu macht. Bei ihm braucht keiner mehr hoffnungslos und verzweifelt zu sein.

»Mein Leben ist kaputt!« sagte der Alte. Er werde nicht mehr lange leben, meinte er. Zu stark hätte seine Gesundheit gelitten.

Doch dann sprach ich von Jesus, der verlorene Menschen sucht und ihnen voll Liebe nachgeht. Schon damals hat er den Brotlaib des Jungen benützt, um Hoffnung auf ein anderes Leben zu wecken und Liebe weiterzugeben.

Und als mir damals das Licht auffiel, das aus den Fenstern der Baubaracke drang, da hatte Jesus schon viel früher diese Männer geliebt und gesucht. Er will, daß wir zu allen gehen und ihnen von seiner Liebe sagen, die jeden einschließt.

»Keine halbe Stunde Angst!«

Große Menschenmassen sind in dem asiatischen Land Bangladesh zusammengepfercht. In einem Gebiet, das nur doppelt so groß wie Bayern ist, leben über 100 Millionen Menschen. Dabei sind weite Flächen dauernd vom Wasser überflutet.

Immer wieder kommt es zu schlimmen Katastrophen. Teile des Landes liegen im Mündungsdelta des Ganges und sind topfeben. Schon ein kleines Hochwasser macht Zehntausende obdachlos.

Auch wenn sich Bangladesh in den letzten Jahren eindrucksvoll weiterentwickelt hat, bleibt es doch eines der ärmsten Länder der Welt. Millionen von Menschen sind ohne Arbeit. Wer aber eine Arbeit hat, verdient kaum 100 Mark im Monat. Solche Familien können sich nie Fleisch zum Essen leisten.

Vor wenigen Jahren ließ sich eine deutsche Mission in diese bedrängende Armut und das unbeschreibliche Elend rufen. Unvergeßlich bleibt für mich die Verabschiedung der ersten Missionare auf dem Stuttgarter Flughafen. Ein erfahrenes Missionsehepaar war für diese Aufgabe ausgewählt worden. Wegen der Schulausbildung mußten sie ihre Kinder zurücklassen.

Kann man Eltern das zumuten? Es war kaum zu ertragen, wie Mutter und Vater sich dort von ihren Kindern trennen mußten. Sie machten nicht viel Worte und verzichteten auf Pathos. Die Liebe zu den Menschen, die ohne Jesus verloren sind, drängte sie zu diesem Schritt. Zum Abschluß beteten wir in der Abflughalle und sangen gemeinsam das Lied: Ich steh in meines Herren Hand!

Wenige Jahre später hatte ich Gelegenheit, die neu begonnene Arbeit zu besichtigen. Zusammen mit der einheimischen Kirche war etwas Eindrucksvolles aufgebaut worden.

Zwölf Stunden waren meine Begleiter und ich die Nacht über auf dem völlig überfüllten Flußdampfer unterwegs. Dann holte uns ein kleines Boot der Mission ab. Mehrere Stunden fuhren wir durch die verzweigten Wasserkanäle, bis mitten in den grünen Reisfeldern die Klinik von Shantikutir auftauchte.

Neben anderen Kähnen, die Kranke transportierten, wurde das Boot festgemacht. Die meisten Patienten müssen auf dem Wasser hierher gefahren werden. Die Gebäude zur Behandlung der Kranken sind wegen der starken Luftfeuchtigkeit stabil gebaut, jedoch zweckmäßig und einfach. Sie stehen auf einem aufgeschütteten Erdhügel mitten in den Wasserkanälen. Überall standen Menschen, die Patienten begleitet hatten. Erschütternde Bilder waren da zu sehen. Mütter hielten ihre ausgemergelten, nur aus Haut und Knochen bestehenden Säuglinge im Arm. Selbst die zwei- und dreijährigen Kinder waren durch Infektionen so geschwächt, daß sie nicht auf ihren Füßen stehen konnten.

Kein Arzt gehört zu dem Arbeitsteam der evangelischen Mission. Die beiden Krankenschwestern, die zusammen mit einheimischen Helfern arbeiten, sind ganz auf sich gestellt. Es gibt weit und breit keine andere medizinische Versorgung für die Bevölkerung als diese Missionsklinik.

Beim Eingang in die Klinik zeigte die Krankenschwester eine Tafel, die in die Wand eingelassen war: »Zum Gedenken an Johannes Werner, der als Baumeister diese Häuser errichtete.«

In den ersten Jahren des Aufbaus war er mit hinausgegangen, um die verschiedenen Gebäude zu planen und zu bauen. Frau und Kinder waren in der schwäbischen Heimat zurückgeblieben. Bei seiner letzten Abreise hatte er seiner Frau auf dem Flughafen versprochen: »Wenn ich wieder zurück bin, werden wir zuerst unser eigenes Haus daheim bauen.« Die sechs Kinder brauchten mehr Platz.

Er war wenige Monate später zurückgekommen – tot.

Nach einem arbeitsreichen Tag war das Unglück geschehen. Werner saß in einer Baracke, um ein wenig zu essen. Er war müde und hungrig. Da wurde die Türe aufgerissen. Banditen standen mit Maschinenpistolen da und riefen: »Geld her!« Werner hatte kein Geld bei sich. Offenbar hatten sie beobachtet, wie er an diesem Morgen aus der Hauptstadt zurückgekommen war. Meinten sie vielleicht, er hätte dort Geld geholt?

Niemand weiß, warum sie dann plötzlich schossen. Werner konnte sich nicht wehren. Die Banditen feuerten wie wild. In dem Raum, wo Werner starb, hat man die Einschüsse nicht beseitigt. Werner war sofort tot.

Bis die Polizei benachrichtigt werden konnte, dauerte es Stunden. Zuerst mußte ein Bote mit dem Kahn mehrere Stunden weit zur nächsten Polizeistation geschickt werden. Telefone gibt es in dieser abgelegenen Gegend nicht.

Als ich am Abend noch ein wenig mit den beiden Krankenschwestern zusammensaß, fragte ich sie ganz offen: »Habt ihr da keine Angst?« Man vermutete, daß noch einige der Banditen in den umliegenden Dörfern lebten. Wie sollten sich die Frauen schützen können?

Da meinte eine der beiden Schwestern: »Durch Gottes Güte hatten wir noch keine halbe Stunde Angst.«

»Warum denn keine halbe Stunde?« Ich verstand nicht, warum sie ausgerechnet diese Zeitangabe machte.

Da lächelte sie und sagte: »Angst haben wir schon manchmal. Wir wissen, daß wieder ein Überfall geschehen kann. Aber dann sagen wir alles Jesus im Gebet. Deshalb dauert bei uns die Angst immer weniger als eine halbe Stunde.«

Darf man um das Wunder der Heilung beten?

Es war ein rauschendes Hochzeitsfest. An einem strahlenden Sommertag wurden die beiden verliebten Brautleute in einem festlichen Gottesdienst getraut. Chöre musizierten, und viele Freunde feierten mit. Von allen Seiten kamen Glückwünsche für das junge Paar.

Zwei Jahre später. Der junge Ehemann kämpft im Krankenhaus um sein Leben. Die Krankheit kam ganz plötzlich. Die Ärzte stellten eine galoppierende Leukämie fest.

Ein schrecklicher Jammer brach über die verliebten Eheleute und ihr kleines Kind herein. In wenigen Tagen war das Gesicht des jungen Vaters vom Tod gezeichnet.

Bei einem Besuch bittet mich der Schwerkranke: »Würden Sie auch nach Jakobus 5 über mir beten?«

Gleich am nächsten Tag versammeln wir uns im Krankenzimmer. Ein erfahrener Seelsorger, über viele Jahre ein treuer Freund der jungen Eheleute, ist mitgekommen.

»Bevor wir beten, muß ich dich bitten, daß wir nichts gegen Gott erzwingen wollen«, sagt der erfahrene Christ zu dem Kranken. »Der Wille Gottes muß zum Ziel kommen.«

Es ist gut, das alles ganz offen am Krankenbett zu sprechen. Darf man um das Wunder einer Heilung bitten, auch wenn Ärzte total am Ende sind? Ja, das darf man.

Aber auch bei der Anweisung des Jakobus für das Gebet mit Kranken muß festgehalten werden, daß er nicht nur von Heilung spricht. Er möchte, daß mit dem Gebet für den Kranken gleichzeitig eine seelsorgerliche Aussprache verbunden ist, die in der zugesprochenen Vergebung der Schuld ihr Ziel hat. Wo das geschieht, weiß Jakobus, wird es besser mit dem Kranken. Das gilt, auch wenn die Heilung ausbleibt.

Wir beten dann miteinander von Herzen und im Glauben um das große Wunder einer Heilung und Genesung.

Nur das eine fügen wir auch hinzu: »Nicht mein, sondern dein Wille geschehe!«

Das ist kein Kleinglaube, kein Zweifeln an der Größe Gottes, sondern ein Sich-Hineinstellen in seine ewigen Pläne und Gedanken.

Es fällt uns beiden schwer, so zu beten. Wir denken an das Glück der jungen Eheleute. Da ist der kleine Sohn, der noch nichts von der tödlichen Krankheit und dem Verlust begreifen kann. Kann denn Gott etwas anderes wollen als Genesung?

Vom Krankenbett weg breche ich auf nach Ulm zum großen Posaunentag mit 8000 Bläsern vor dem Münster. Die ganze Zeit über muß ich an den schwerkranken jungen Mann denken und sein banges Hoffen auf Genesung. Da setzen gewaltig die Münsterglocken ein und die vielen tausend Bläser spielen den Choral nach den Klängen von Johann Sebastian Bach:

> Gloria sei dir gesungen
> mit Menschen- und mit Engelzungen,
> mit Harfen und mit Zimbeln schön.
> Von zwölf Perlen sind die Tore
> an deiner Stadt, wir stehn im Chore
> der Engel hoch um deinen Thron.
> Kein Aug hat je gespürt,
> kein Ohr hat mehr gehört solche Freude.
> Des jauchzen wir und singen dir
> das Halleluja für und für.

Noch am Abend zieht es mich zu dem Kranken hin. Ich muß ihm von dem eindrücklichen Treffen der Posaunenbläser erzählen. Über viele Jahre hinweg hat er selbst mit seiner Trompete im Chor geblasen. Und jetzt sprechen wir darüber, wie leicht es für Gott ist, uns Heilung zu schenken. Doch seine größte Gabe ist nicht der gesunde Leib, sondern das unvergleichliche Wunder seiner Liebe.

Wir sollen auch noch als Todeskandidaten dem ewigen Gott gehören. Und er hat uns erwählt, daß wir vor seinem Thron das neue Loblied singen.

Der Kranke legt jetzt still seine Hand in meine Hand. »Ich weiß es und kann Gott nur danken«, sagt er unter Schmerzen.

»Es wird mir schwer, daß ich meine Frau und meinen kleinen Jungen zurücklassen muß.« Aber dann blickt er mich zuversichtlich an: »Niemand kann mich aus der Hand Jesu reißen!«

Das bleibt für immer das größte Wunder, wenn wir in Jesus Christus das Leben gefunden haben.

Die überfüllte Aula

An vielen Gymnasien kann man sie finden. Diese Schülergebetskreise bewundere ich seit langem. Meist sind sie klein und bestehen nur aus wenigen Schülern.

Es ist nicht leicht, bei den ganz verschiedenen Stundenplänen einen passenden Zeitpunkt zu vereinbaren. Manche Gruppen treffen sich deshalb in der Frühe vor dem Schulbeginn oder in der großen Pause.

Mich beeindruckt der Mut, den ich bei diesen jungen Leuten immer wieder finde. Auch wenn es nur zwei oder drei sind, die mitmachen, planen sie doch immer wieder große evangelistische Aktionen. Wenn unsere Gemeinden nur mehr solche eifrig sich einsetzenden Mitarbeiter hätten!

Ob sie sich nicht zuviel zumuten? Das dachte ich, als mir ein 15jähriges Mädchen von ihren Vorbereitungen erzählte.

Zum Abschluß des Schuljahres wollten sie selbst einen

Schulgottesdienst halten. Irgendwann vor Jahren waren diese schlecht besuchten Andachten für Schüler aufgegeben worden. Die Religionslehrer kannten die spöttische Ablehnung, auf die sie trafen, wenn sie mit der Bibel kamen.

Nun wollte der Schülerkreis die Vorbereitung in die Hand nehmen. Der Direktor gab seine Zustimmung. Die Aula wurde zur Verfügung gestellt.

Sie verteilten die Aufgaben. Liedzettel mußten kopiert werden. Zwei Mädchen bereiteten gemeinsam die Ansprache vor. Flotte Lieder wurden ausgesucht, die zur Begleitung mit der Gitarre gesungen werden sollten.

Am Abend vorher traf ich das Mädchen wieder. Stolz berichtete sie von allen getroffenen Vorbereitungen. Und sie erzählte begeistert: »Morgen müssen wir mindestens eine Stunde früher in der Schule sein, um die vielen Stühle zu stellen.«

Ich erschrak.

Mir gab es einen Stich ins Herz. Das mußte ja bittere Enttäuschungen geben. In wie vielen christlichen Versammlungen habe ich eine Masse leerer Stühle gesehen!

»Stellt bitte nur ganz wenig Stühle!« bat ich dringend. »Es wäre ja schon ein gewaltiger Erfolg, wenn nur zehn kommen.«

Verwundert schaute mich das Mädchen an. Sie war sich ihrer Sache ganz sicher. Und sie sagte nicht ohne Vorwurf: »Wir haben doch dafür gebetet.«

Und dann geschah es an jenem Morgen, daß die Aula mit fast 300 Schülern völlig überfüllt war. Junge Leute standen in den Gängen zwischen den Stühlen und saßen auf dem Boden.

Sie lauschten dem, was ihre Mitschüler von ihrem Glauben berichteten. Auch gab es einige gute Gespräche nachher.

Da wurde mir Gottes Treue wieder groß. Es liegt ja wirklich nicht an unserem Tun und Machen. Gott ermutigt und stärkt den schwachen Glauben.

Es sind gerade junge Leute, die die ersten Schritte mit Jesus gehen, die unkompliziert viel wagen. Dieses kühne Vorwärtsgehen wird bestätigt.

Da hat doch Jesus wirklich diesem Gebet im Vertrauen auf ihn die Bestätigung gegeben: »Es wird euch gegeben werden!«

Wir könnten viel mehr von Gott erwarten, wenn wir mehr für ihn wagen würden.

Keine Waffen und – Bibeln

Als junger Pfarrer kannte ich die bedrängte Gemeinde Jesu in Osteuropa kaum. Aber ich hörte manche Berichte über die fehlenden Bibeln, und wir hatten seit langem einen engen Briefkontakt mit deutschen Gemeinden in Rumänien.

So beschlossen meine Frau und ich, unseren Sommerurlaub dort auf dem Balkan zu verbringen. In der Gemeinde wurde guterhaltene Kleidung für die Hochwassergeschädigten an der Moldau gesammelt. Wir wollten sie an Ort und Stelle unter Bedürftige verteilen.

Bevor wir in der Nacht aufbrachen, war es uns doch etwas bang. Wir sangen noch am Klavier viele Verse des Liedes:

In allen meinen Taten
laß ich den Höchsten raten,
der alles kann und hat;
er muß zu allen Dingen,
soll's anders wohl gelingen,
mir selber geben Rat und Tat.

Mir ist dieses Lied, das einst der junge Arzt Paul Fleming gedichtet hat, immer wieder eindrücklich. Er stand damals vor einer schwierigen und gefährlichen Reise, die mehrere Jahre dauern sollte.

Auch alle Gefährdungen sind in diesem Lied bedacht, wo es dann in großem Vertrauen heißt:

> Er mag's mit meinen Sachen
> nach seinem Willen machen;
> ich stell's in seine Vatergunst.

Die lange Nachtfahrt durch Jugoslawien war anstrengend. Endlich tauchte der rumänische Grenzübergang vor uns auf. Wir beteten miteinander.

Doch die Ausfahrt aus Jugoslawien wurde uns zum Verhängnis. Der Zöllner winkte uns auf die Seite. Ich nahm an, daß er sich die vielen Kartons mit den Kleiderspenden anschauen wollte. Auch wenn unser Kombi bis unters Dach beladen war, durfte es eigentlich keine Schwierigkeiten geben. Gebrauchte Kleidung war zollfrei. Und jetzt nach dem großen Hochwasser war man dankbar für alle Hilfe, die ins Land gebracht wurde.

Damit aber hatte ich nicht gerechnet, daß ausgerechnet ein jugoslawischer Zöllner sich für meine persönliche Bibel interessieren würde. Er mußte sie gesehen haben, als ich den Paß aus meiner Handtasche holte. Jetzt prüfte er sie genau und sah, daß sie vom vielen Benützen abgegriffen war.

Erst holte der Zöllner noch zwei Kollegen. Auf dem großen Parkplatz begannen sie dann mit einer vierstündigen Wühlarbeit. Die großen Kartons wurden langsam und sorgfältig untersucht. Jedes einzelne Kleidungsstück ausgebreitet und geprüft. Schon bald fanden sie die ersten Bibeln zwischen den Kleidern.

Der Zöllner hatte richtig kombiniert. Ein Tourist, der selbst in der Bibel liest, wird bei dem großen Bibelhunger in Osteuropa nicht mit leeren Händen kommen. So löste meine eigene Bibel die große, mehrstündige Suchaktion aus.

Dann lag endlich alles Gepäck breit ausgelegt auf dem Parkplatz. Und wir mußten die Durchsuchung stundenlang mitansehen. Jetzt begannen sie auch noch, das Futter aus dem Wageninnern zu entfernen. Doch da war nichts versteckt.

Zum Schluß verhörten sie uns. Wir holten unseren Reiseführer hervor und zeigten den Satz, in Rumänien herrsche Religionsfreiheit. Wer sie behindere, werde nach sozialistischen Gesetzen bestraft.

»Ja«, lächelte der Zöllner verschmitzt, »Sie hätten Ihre Bibeln schon bei der Ausreise aus Österreich verzollen müssen.«

»Wieviel Transitzoll bezahlt man denn in Jugoslawien für eine Bibel?« fragte ich. Schließlich gab er zu, daß Waffen und – Bibeln nicht verzollt werden können.

Jeder Zettel wurde prüfend gelesen. Eine Packung kleiner biblischer Bilder in meiner Tasche wurde ebenso beschlagnahmt wie die Bibeln und andere christliche Bücher, auf die man in den Gemeinden in Rumänien schon lange wartete.

Selbst den Reiseführer wollte man uns wegnehmen, doch schließlich konnten wir die Zöllner davon überzeugen, daß darin nichts Christliches stand. Wir durften ihn behalten.

Eine lange Diskussion kam in Gang wegen eines Pakkens »Jugendfreunde«, jener Verteilblätter vom Kindergottesdienst, die bei uns als Restexemplare in der Gemeinde übriggeblieben waren. In den deutschen Gemeinden auf dem Balkan würde man sich darüber freuen, dachte ich. Die Zöllner waren etwas irritiert, ob es sich um christliche Schriften handelte. Sie stutzten, weil bei den spannenden Jugendgeschichten immer auch allgemeine Bilder abgedruckt waren. Ein großes Foto von einem

Flugzeug gab schließlich den Ausschlag: Wir durften den Packen mitnehmen.

Die vielen neuen Wolldecken, Bettwäsche und Kleider für die Hochwassergeschädigten interessierten sie nicht. Das war kein Zollgut. Aber das Buch des Lebens, Gottes Wort!

Wir kamen glimpflich davon mit 15 Mark Geldstrafe und Beschlagnahmung aller christlichen Bücher und Bibeln.

Nur schwierig wurde dann wieder das Einpacken all der zurückgegebenen Güter. Obwohl jetzt eine ganze Anzahl Bücher fehlte, waren die vielen Dinge kaum mehr in das Auto zu quetschen. Die Türen gingen nicht mehr zu. Schließlich hatte ich noch den Packen »Jugendfreunde« auf meinem Schoß, als wir hinüber zu den rumänischen Zöllnern fuhren. Doch die interessierten sich für nichts mehr und winkten uns durch.

Als mich dann später mein Weg zum Missionsbund *Licht im Osten* in Korntal führte, verstand ich erst, warum in den kommunistischen Staaten des Ostens Mission und Bibelverbreitung mit allen Mitteln unterdrückt werden.

Die Atheisten ahnen, welche Sprengkraft das Wort Gottes hat.

Knüllpapier

In einem großen Industriekonzern hatte man diese Frau mit ihren medizinischen Kenntnissen in eine verantwortungsvolle Sozialarbeit gerufen. Für die Mitarbeiter der Firma war sie beratend tätig bei Suchtgefahren. Offen bekannte sie sich dort als Christin.

»Wie kamen Sie zum Glauben an Jesus Christus?« Wenn man so fragt, erfährt man viel über Gottes wunderbare Wege.

Sie stammte aus einer nichtchristlichen Familie. Der erste wichtige Einschnitt kam erst sehr spät, als sie schon lange selbständig im Beruf stand. Sie mußte in die Klinik. Vor der Operation fragte die Krankenschwester: »Darf ich mit Ihnen beten?«

Sie hatte nichts dagegen. Es könnte ja beruhigen. »Schaden kann es auf keinen Fall«, dachte sie.

Nach der Operation war sie offen und interessiert und sprach mit der Krankenschwester über den Glauben. Sie las einige Bücher, die ihr gegeben wurden.

Als dann die Entlassung aus dem Krankenhaus kam, bestellte sie in einer Verlagsbuchhandlung einige christliche Bücher, die sie interessierten.

Das Paket kam. Sie packte die Bücher aus. Merkwürdigerweise blieb sie am Knüllpapier hängen, mit dem das Paket ausgestopft war. Es waren Musiknoten, unbrauchbare Druckbögen, die zum Verpacken benutzt wurden.

Sie las den Text aus Psalm 73, der dort vertont war:

> Dennoch bleibe ich stets an dir;
> denn du hältst mich bei meiner rechten Hand,
> du leitest mich nach deinem Rat
> und nimmst mich am Ende mit Ehren an.
> Wenn ich nur dich habe,
> so frage ich nichts nach Himmel und Erde.
> Wenn mir gleich Leib und Seele verschmachtet,
> so bist du doch, Gott, allezeit
> meines Herzens Trost und mein Teil.

Zum ersten Mal in ihrem Leben betete sie selbst mit diesen Worten zu Jesus Christus. Von nun an wollte sie allein ihm gehören.

Sechs Richtige im Lotto

Oben im dritten Stockwerk des Mietshauses klingle ich. Die Leute dort kenne ich nicht. Darum nehme ich mir immer wieder ein paar Häuser vor, um dort Besuche zu machen. Als Gemeindepfarrer muß man fortwährend unterwegs sein. Nur so kann man Zugang zu den Menschen finden.

»Darf ich Sie besuchen?« frage ich, als eine Frau ihren Kopf aus der Glastüre streckt.

Sie zögert. Das ist bei den meisten so. Darum dränge ich: »Nur einen kurzen Augenblick, ich möchte Sie nicht lange aufhalten.«

In der Wohnküche sitzt ihr Mann auf einem Hocker. Was ist nur los? Haben die beiden einen Streit gehabt? Er dreht sich nicht zu mir herum. Wie versteinert sitzt er da.

Da erzählt die Frau unter Schluchzen, daß ihre Tochter gestern abend schwer verunglückt ist. Im Dunkeln wollte sie die Straße überqueren. Ein Motorradfahrer fuhr sie an. Sie fiel mit dem Kopf ganz unglücklich gegen den Bordstein. Seitdem liegt das 13jährige Mädchen bewußtlos auf der Intensivstation. Ein Polizist hatte noch am Abend die schreckliche Unglücksnachricht überbracht.

Was soll man da sagen? Nachdem die wenigen Details des Unfalls berichtet sind, sitze ich erschrocken und betroffen da. Es ist die einzige Tochter der Eltern. Beide sind berufstätig.

»Darf ich mit Ihnen beten?« frage ich in die Stille hinein.

Der Vater schaut mich verdutzt an: »Sie können ja, wenn Sie wollen. Aber was soll das helfen?«

»Wir wollen Gott auch ein großes Wunder der Heilung zutrauen«, sage ich zu dem traurigen Vater, der mich wie abwesend anstarrt. Und wir beten für das Mädchen und seine Genesung.

Am nächsten Tag höre ich von den Ärzten im Krankenhaus, wie schlimm die Verletzung ist. Die Blutung im Kopf hat weite Teile des Gehirns erfaßt. Die einzige Chance könnte eine Verlegung in eine Stuttgarter Spezialklinik und eine schwierige Gehirnoperation bieten.

Beim anschließenden Besuch bei den Eltern in der Wohnung bin ich ratlos. Soll man bei dem schweren Befund überhaupt noch Hoffnung machen? Wäre es nicht besser, sie jetzt behutsam auf das Schlimmste vorzubereiten?

Nach einigen Tagen kommt die niederschmetternde Nachricht: Die Verlegung in die andere Klinik hat nichts gebracht. Die dortigen Chirurgen wagen die Operation nicht mehr. Zuviel im Gehirn ist zerstört. So haben sie das bewußtlose Mädchen wieder in das frühere Krankenhaus zurücktransportieren lassen.

»Warum läßt Gott das zu?« Unter Tränen schreit der Vater das heraus. Was soll ich sagen?

Es gibt gute Gespräche in diesen Tagen. Wir reden von Jesus und seinem Weg durch die Tiefen des Todes. Es scheint aber, daß alles an diesen Eltern abprallt. Wie sollen sie das auch verstehen können?

Inzwischen sind Wochen vergangen. Da empfängt mich die Mutter ganz anders. »Geht es besser?« frage ich gleich beim Begrüßen an der Glastüre.

Ach nein, noch immer ist das Mädchen bewußtlos. Nur die Mutter ist zuversichtlicher. Sie hat in diesen Tagen vor Weihnachten einen kleinen Adventskranz auf den Nachttisch der Tochter gelegt. Ganz glücklich sagt die Mutter: »Wenn sie doch plötzlich aufwachen sollte, dann wird sie sich freuen, daß bald Weihnachten kommt!«

Mich schockiert der Optimismus der Mutter. Für solch eine Hoffnung besteht doch nun wirklich kein Anlaß mehr. Kann man es dem Mädchen überhaupt wünschen, nach so langer Zeit wieder aufzuwachen? Zu viele Körperfunktionen werden beschädigt sein. Soll ich der Mutter nicht ganz offen sagen, daß keine Hoffnung mehr besteht? Ich bringe es nicht übers Herz.

Und welche Überraschung – wenige Tage später schlägt das Mädchen die Augen auf. Bei den Eltern ist die Freude nicht zu beschreiben. Zusehends verbessert sich der Zustand des Mädchens von Tag zu Tag.

Drei Monate später – es klingt wirklich unglaublich – geht das Mädchen wieder zur Schule. Gewisse Behinderungen im Denken und Reagieren sind zwar geblieben. Aber alle, die ihren Krankenhausaufenthalt erlebt haben, sind sprachlos. Es ist ein Wunder, so denken die meisten.

Wie wirkt diese Heilung wohl auf die Eltern? Sie sind voll unbändiger Freude. Nur dem Glauben hat die wunderbare Genesung sie keinen Schritt näher gebracht.

Wenige Monate später ruft die Mutter an. Wieder ist sie völlig verzweifelt. Dem Mädchen ist nichts geschehen, aber ihr Mann ist mit schweren Magenblutungen ins Krankenhaus eingeliefert worden.

Ich breche gleich auf und stehe oben in der Intensivstation. Hier haben wir doch das große Gotteswunder erlebt, das alles Begreifen übersteigt.

Es sieht sehr ernst aus bei dem Vater. Die Ärzte versuchen die starke Blutung zu stoppen. Es ist noch nicht gelungen.

»Darf ich mit Ihnen beten?« frage ich.

»Ich weiß nicht, ob das etwas hilft«, sagt der Mann abweisend.

Jetzt muß ich ihn nochmals an die wunderbare Heilung seiner Tochter erinnern. Kann man mehr die Güte und Liebe Gottes erfahren?

»Ich zweifle!« sagt der Kranke. »In den ganzen letzten Wochen habe ich viel an Gott gedacht. Immer wenn ich im Lotto tippe, sage ich, wenn es Gott gibt, müßte es doch auch einmal mit den sechs richtigen Gewinnzahlen klappen.«

Wie betäubt laufe ich davon.

Auf der Alm

Der junge Mann erreichte bald nach seiner Ausbildung eine gute Stellung. Er wurde als Programmierer in der Datenverarbeitung einer weltweiten Exportfirma tätig.

Das hektische Leben in der Großstadt Hamburg stieß ihn jedoch immer mehr ab. Was er täglich erlebte, belastete ihn schwer. Darum wollte er aussteigen. Die ganze Gesellschaft hatte er satt: die Menschen im Büro, die Staus im Straßenverkehr, Schaufenster und Fernsehen.

Er kündigte. Ohne festes Ziel trampte er durch Deutschland. Schließlich zog es ihn in die Schweiz. Es lockte ihn, einmal alternativ als Viehhirte auf der Alm zu leben. Zwei Monate hielt er sich dort in den Bergen auf. Er genoß die herrliche Bergwelt und die Stille der Wiesen. Dann trieb ihn seine Unruhe wieder weiter.

Zu Fuß wanderte er über die Berge. Als der Abend kam, bat er einen Bauern um die Erlaubnis, im Heu übernachten zu dürfen.

Der Schweizer war freundlich. Er hieß den jungen Mann willkommen. Nein, er solle nicht im Heu schlafen. Die Gastkammer stehe ihm offen. Da sei alles gerichtet.

Er lud ihn zum Abendessen ein. Es war eine herzhafte Bauernmahlzeit mit Käse und Milch. Der junge Mann genoß die herzliche Gastfreundschaft.

Dann legte der Bauer eine Tonkassette auf. Er war Rätoromane und sprach nur mühsam deutsch. Interessiert hörte der junge Mann die christliche Ansprache. Da er aus einer nichtchristlichen Familie kam, war für ihn alles ziemlich neu.

Anschließend sprachen sie noch lange miteinander über das Lebensziel. Der Bauer war überrascht, wie der junge Mann aus der Großstadt die Erfüllung aller Sehnsucht in der Bergwelt zu finden hoffte. »Das macht dich nicht satt!« sagte er zu ihm. »Du mußt Gott finden, sonst bist du verloren!«

Der Schweizer erzählte, wie er beim Bibellesen zum Glauben an Jesus gekommen war. »Ohne Jesus ist mein Leben nichts!« Wie er das sagte, machte er den jungen Mann neugierig, und er wollte noch mehr wissen von dem neuen und erfüllten Leben.

Am Ende fragte ihn der Bauer: »Willst du dein Leben unter die Herrschaft Jesu stellen?« Der junge Mann wollte, und sie knieten beide nieder und beteten.

Schon am nächsten Morgen zog der junge Mann weiter. Er kehrte wieder heim nach Hamburg, aber fröhlich, weil sein Leben ein neues Ziel und einen völlig anderen Inhalt hatte.

Seine Eltern und Geschwister waren schockiert, als er erzählte, was er erlebt hatte. Als er dann auch noch am Sonntag in den Gottesdienst gehen wollte, forderte der Vater hart, er solle sich jetzt mit einem Psychiater besprechen.

Erst zwei Jahre später lernte ich den jungen Mann kennen. Er war im Glauben fest und bewährt. Als er beruflich in unsere Stadt kam, schloß er sich unserer Gemeinde an.

Eigentlich braucht es nicht viel, um einen Menschen zu Jesus zu führen. Die unerfüllte Sehnsucht nach Leben treibt viele hierhin und dorthin. Wo sind da die Christen, die unerschrocken bekennen und mit Liebe weitererzählen, was sie gefunden haben?

Leider sind solche Leute wie dieser Schweizer Bergbauer ganz selten.

In Afrika gehen die Uhren anders

In einer dichten Staubwolke landet das Flugzeug auf der sandigen Piste im Süden Tansanias. Noch älter als das Flugzeug mit seinen beiden Propellern wirkt die Feuerbrigade, die mit ernstem Gesicht auf einem uralten, klapprigen Lastwagen sitzt.

Einige Leute eilen ans Rollfeld. Das Gepäck wird entladen. Ich suche unter den weißen Gesichtern nach den Freunden, die mich abholen wollen. Das müssen sie sein, die Missionare. Noch nie haben wir uns gesehen. Und doch kommt es mir nach wenigen Minuten so vor, als ob wir uns schon immer gekannt hätten. Nicht ohne Grund nennen sich Nachfolger Jesu Schwestern und Brüder.

Als wir wenig später bei einer Tasse Tee sitzen, hören sie schweigend der Schilderung meiner Reisepläne zu. Ich bin zum ersten Mal in Afrika. In drei Tagen muß ich weiter nach Uganda. Sie kennen die schreckliche Unruhe der Europäer. Gleich morgen früh will ich 400 km mit dem Wagen über holprige Buschstraßen zu einer abgelegenen Missionsstation an der Grenze nach Mozambique fahren.

Wie weit 400 km werden können, das spüre ich am nächsten Tag. In einer katholischen Missionsstation können wir tanken. Eine Nonne aus dem württembergischen Allgäu ist begeistert, als sie schwäbische Laute hört und lädt uns zu einer Tasse Tee ein. Als sie einst ausreiste, gab es noch keinen Heimaturlaub für Missionare. Sie erzählt, wie sie sich damals von ihrer Mutter verabschiedete: »Auf Wiedersehen im Himmel!« Das habe das Einleben in Afrika sehr erleichtert, meint sie. So schlecht sei die völlige Loslösung von daheim nicht gewesen.

Die Sonne geht in den Dunstwolken unter, als wir endlich ganz verstaubt auf der Missionsstation ankommen. Seit 30 Jahren arbeiten nun Missionare eines evangelischen Missionshauses hier unter etwa 2 Millionen Menschen, die bisher noch nicht mit dem Evangelium erreicht worden sind. Die letzten Versuche zur Evangelisation wurden am Anfang des Jahrhunderts gewagt. Sie scheiterten an der radikalen Ablehnung der dort wohnenden Moslems. Heute gibt es viele lebendige Gemeinden, eine Bibelschule mit Predigerausbildung, Schulen, ein Krankenhaus.

Der treue Missionsarzt fährt mich zwei Tage später wieder zurück zur Küste. Am Straßenrand stehen Afrikaner und winken. Sie wollen mit dem Auto mitgenommen werden. Auf der Pritsche ist noch Platz. Viele können dort stehen, doch bei jedem Stop kommt es zu einem kleinen Handgemenge. Die Frauen werden auf die Seite geschoben. Der junge Missionsarzt läßt das nicht zu: »Zuerst dürfen alle Frauen einsteigen!« sagt er unmißverständlich. Es ist in dieser islamischen Kultur ganz besonders wichtig, die Frauen zu ehren. Er möchte bei jeder Gelegenheit darauf hinweisen.

Froh bin ich, als ich endlich wieder am Flugplatz an der Küste stehe. Unbedingt muß ich den Anschluß heute nacht nach Uganda erreichen. Das ist der Zweck meiner Reise. Dort wird morgen im südlichen Zipfel eine große Konferenz mit 10 000 Menschen beginnen. Das nächste Flugzeug wird erst am Sonntag gehen. Dann aber ist die Konferenz schon beendet.

Da eröffnet mir der indische Angestellte der Luftverkehrslinie, ich müsse mich auf zwei Stunden Verspätung einrichten. Ich glaube, nicht recht zu hören. »Das geht nicht«, protestiere ich mit deutschem Ordnungssinn, »ich muß meine Anschlußflüge erreichen.« Bedauernd schaut mich der Inder an und zuckt nur die Achseln. Was soll er auch tun können?

»Solche Verspätungen sind hier ganz normal«, klärt mich der Missionsarzt auf. Die Leute hier kennen schon die Europäer, die statt eines Herzens nur eine große Uhr im Leib tragen. »Man kann froh sein, wenn das Flugzeug auf diesem entlegenen Platz überhaupt ankommt.«

Als ich dann erfahre, daß unser Flugzeug noch nicht einmal in der Hauptstadt Daressalam gestartet ist, gebe ich jede Hoffnung auf.

Der gute Missionsarzt hilft mir, auf dem kleinen Postamt ein Telegramm nach Uganda aufzugeben: »Besuch abgesagt. Komme nicht!«

Sie sind alle sehr nett, der indische Flugagent und die Afrikaner auf dem Postamt. Ich aber bin völlig verzweifelt. Die Reise ist gescheitert. »Wir müssen das jeden Tag immer besser lernen, gelassen und gleichmütig zu sein«, tröstet mich der Arzt.

Schließlich landet das Flugzeug mit großer Verspätung. Der Pilot schaut mich mitleidig an, als ihm mein Problem geschildert wird. »Unmöglich, Ihren Anschlußflug in der Hauptstadt zu erreichen«, sagt er, während er noch einmal auf seine Uhr blickt. Dann steigen wir ein.

Während das Flugzeug bei Sonnenuntergang die Küste entlangfliegt, habe ich fast kein Auge für die Küste und die grünen Inseln unter uns. Beinahe vergesse ich, daß mit mir ein afrikanischer Prediger fliegt, der seinen sterbenden Vater in einem Hospital in der Hauptstadt besuchen will. Wortlos sitzt er neben mir.

»Was denkst du?« frage ich ihn.

»Ich bete!« kommt seine Antwort.

»Ach ja, du betest für deinen kranken Vater.« Ich habe es über meinen Problemen ganz vergessen.

Doch er schaut mich nur verwundert an: »Ich bete, daß Gott es doch noch möglich macht und du das Flugzeug in Daressalam erreichst.«

Aber das ist doch völlig unmöglich! Nun verstehe ich, warum manche Menschen über die unbekümmerte Naivität der Glaubenden spotten. Es ist doch alles aussichtslos. Was soll Gott daran ändern können?

Still sitze ich da und träume in die dunkle afrikanische

Nacht hinein. Da tippt mich die schwarze Stewardeß an: »Der Pilot läßt grüßen. Er hat Ihre Probleme zum Flughafen nach Daressalam durchgefunkt. Er fliegt volle Geschwindigkeit.«

Nützen kann das nichts mehr. Über eine Stunde haben wir verloren. Jetzt um diese Zeit ist mein Anschlußflugzeug schon abgeflogen. Nichts kann mehr klappen.

Als wir in Daressalam landen, schaue ich auf meine Uhr. Vor 15 Minuten muß mein Anschlußflugzeug abgeflogen sein.

Doch schon steht wieder ein afrikanischer Steward da. »Sind Sie der Deutsche, der nach Uganda muß?« Er führt mich durch überfüllte Abfertigungshallen und besorgt mir in kürzester Zeit, vorbei an langen Schlangen wartender Menschen, die Stempel der Zollabfertigung und Gesundheitskontrolle. Und er bringt mich zu meinem Flugzeug: »Dort ist Ihre Maschine. Wir haben sie angehalten. Sie hat auf Sie gewartet. Ihr Gepäck ist schon an Bord!«

Als ich dann im Sessel sitze, erscheint es mir wie ein Traum. Dort drüben ist das überfüllte Flughafengebäude. Wo ist wohl mein afrikanischer Freund geblieben, der so treu gebetet hat? Ich habe mich nur kurz von ihm verabschiedet. Jetzt würde ich ihm gern danken. Für was eigentlich? Er hat mir das Beten so groß gemacht.

Oft habe ich darüber gepredigt, daß der Glaube Berge versetzen könne. Aber dieser Afrikaner hat mir gezeigt, was wir nervösen Europäer erst wieder neu lernen müssen, nämlich, im Gebet wirklich still zu sein und geduldig auf Gott zu warten. Er macht alles gut.

In jener Nacht muß ich in Nairobi das Flugzeug noch einmal wechseln. Jetzt sitze ich neben einem englischen Militärberater. Er kennt Uganda gut. Als er hört, daß ich in Entebbe aussteigen will, schaut er mich skeptisch an: »Das würde ich bleiben lassen!« Es ist der Höhepunkt des Terrors des Diktators Idi Amin.

Offenbar merkt er, wie ich bleich werde. »Sicher werden sie abgeholt, dann ist es nicht so schlimm!« fügt er beruhigend hinzu.

Da fällt mir wieder das Telegramm ein, das ich noch in Tansania aufgegeben und nach Uganda gesandt habe: »Reise abgesagt. Komme nicht!«

Nun wird niemand am Flughafen stehen. Nachts um 0.30 Uhr werde ich in Entebbe sein. Wo soll ich hin? Es sind 40 km bis nach Kampala zur Hauptstadt.

Als wir in Entebbe landen, steigen nur wenige Passagiere aus. Wie ich mich umschaue, merke ich, daß ich der einzige Europäer unter den wenigen Afrikanern bin. Wir gehen vom Flugzeug über die Startbahn zum Abfertigungsgebäude. Es ist eine wunderbare, warme und sternklare afrikanische Nacht.

Die große Empfangshalle ist hell erleuchtet. Wir warten auf das Gepäck. Kaum Menschen sind in der großen Halle.

Da sehe ich am Ausgang einige Afrikaner winken. Sie halten ein Schild hoch – mein Name steht darauf. Ich laufe hin, und wir fallen uns um den Hals. Noch nie haben wir uns gesehen – und doch sind wir in Jesus Brüder. Da tritt ein Soldat mit der Maschinenpistole grimmig zwischen uns. Zuerst muß noch der Paß und einiges andere abgestempelt werden.

Als wir schließlich im Auto sitzen und durch die Nacht nach Kampala fahren, frage ich nach dem Telegramm.

»Welches Telegramm?« fragen meine Afrikaner. Es ist nie angekommen.

Ich kann nur staunen, wie Gott Gebete erhört. Es ist größer, als wir verstehen.

Protest im Park

Es gab keine große Diskussion in unserer Gemeinde, ob wir auch Straßenpredigten machen sollten. Eines Tages lag der Vorschlag auf dem Tisch, und alle waren der Meinung, es sei bitter nötig. Also zogen wir los.

Schon lange bedrückte uns beim Gang durch die Fußgängerzone das grenzenlose Sammelsurium ausgefallener Heilslehren.

»Warum halten wir uns zurück, wo wir doch ein viel besseres Evangelium als die anderen haben?« meinten besonders unsere aktiven jungen Leute. »Und die Menschen sind doch ohne Jesus verloren!«

Ich war überrascht, wie viele aus der Gemeinde mitgingen, Alte und Junge. Sie harrten an eiskalten Tagen auch dann noch aus, wenn die Posaunen schon eingefroren waren. Und sie sangen so, daß die Passanten aufhorchten und stehenblieben.

Jedesmal wenn wir hinausgingen, waren wir von dem starken Echo überrascht. Gespräche mit suchenden Menschen waren in einer offenen Atmosphäre möglich. Und nicht wenige wollten konkret wissen, wie man zum Glauben an Jesus kommt.

Am schönsten sind immer die Versammlungen im Park. Am Sonntagnachmittag haben die Leute viel mehr Zeit als an den hektischen Geschäftstagen. Auch die Unruhe der Fußgängerpassagen fällt im Park weg. Gemütlich bummeln die Menschen durch die Gegend und hören gerne mal für eine Weile zu.

Es war ein sonniger, warmer Frühlingstag. Da machte es Spaß, die Leute auf ihren Sonntagsspaziergang hin anzusprechen. Es fiel nicht schwer, in dieser schönen Parklandschaft ihre Gedanken zu erraten. Ich sprach von der bunten Blütenpracht und den aufbrechenden Knospen.

Wie groß ist unser Gott, der das alles geschaffen hat! Die ganze Natur singt das Lob Gottes.

Während ich sprach, wurde ich langsam unruhig. Ich merkte, daß ein Mann mir immer näher kam. Eine stattliche Versammlung von Zuhörern hatte sich gebildet. Offenbar waren sie sehr neugierig, was jetzt passieren würde.

Ich wollte den Mann nicht ansehen, auch nicht, als er nur noch einen Meter von mir entfernt stand. Mit einem Seitenblick hatte ich schon entdeckt, wie wirr seine Haare ihm ins Gesicht hingen. Dem Hemd und den Hosen nach zu schließen, schien er auch keinen festen Wohnsitz zu haben. Was wollte er von mir? Wie sollte ich reagieren?

Plötzlich griff er nach dem Mikrofon. Jetzt half Nichtbeachten nicht mehr. Ich mußte meine Predigt unterbrechen. Grimmig starrte er mich an.

Und dann brüllte er erregt und wild los: »Hör doch auf mit deinem blöden Geschwätz. Wo ist denn deine schöne Welt? Siehst du nicht, wie die Menschen verrecken? Du sprichst von der schönen Natur. Doch da toben scheußliche Kriege. Da verhungern Kinder. Keiner schert sich drum! Warum gibt es so viel Leid auf der Welt? Wo ist eigentlich dein Gott der Liebe?«

Wild gestikulierend stand er mit starken Armen und breiten Schultern vor mir. Die vielen Zuhörer, die stehengeblieben waren, reckten die Hälse. Ob es jetzt zur Schlägerei kam? Wie das wohl ausginge?

»Mann, Sie haben recht!« konnte ich nur sagen. »Sie helfen mir. Genau das Thema wird in der Bibel abgehandelt. Da steht nicht viel von Blümchen und grünen Bäumen.«

Und dann sprach ich von dem grenzenlosen Leid der Welt. Wer ist denn daran schuld? Wirklich Gott? Nein, der macht keine Kriege. Der klinkt keine Bomben aus. Der sitzt nicht an der Maschinenpistole. Der ißt den Hungernden nicht das Brot weg.

Es sind doch Menschen, die so viel Unrecht tun! Menschen quälen und foltern. Menschen drücken den Schwachen an die Wand und hören nicht auf sein Schreien. Wie gemein und herzlos können Menschen sein!

Wollen wir Gott für menschliche Untaten verantwortlich machen? Nein, wir können nicht die Faust gegen ihn ballen und ihn anklagen. Wir sind doch für dieses Leid verantwortlich.

Und dann erzählte ich aus der Bibel, wie dort Menschen sich vor Gott beugten unter ihre Schuld und das Böse bekannten. Wir brauchen nicht dem Terror des Bösen zu folgen. Jesus hat den Sieg über diese Großmacht errungen.

Der wilde junge Mann war verblüfft stehengeblieben und hörte – ich war selbst überrascht – aufmerksam zu. Aber auch viele Spaziergänger wollten wissen, was da los war. Keiner widersprach, als ich von unseren Familien und Nachbarschaften redete, wo Streit und Haß alles vergiften.

»Wir sind schuld!« Als ich das sagte, war es ganz still. Und ich redete von Jesus, der nicht gekommen ist, um anzuklagen oder zu verurteilen, sondern um zu befreien und zu vergeben.

Selten hatte ich solch eine aufmerksame Zuhörerschaft wie an jenem Sonntagnachmittag. Was doch ein Zwischenruf möglich machen kann!

Ich erzählte von dem verlorenen Sohn, der sich von seinem Vater losriß und sein Leben selbst in die Hand nahm. Erst als er verzweifelt im Dreck gelandet war, besann er sich auf seinen Vater. Er stand auf und lief heim und bekannte dem Vater alle Schuld.

Als ich mit meiner Ansprache am Ende war, erkannte ich zwei Polizisten, die jetzt auf mich zukamen. Sie ließen uns weiter singen und predigen. Nur eine Bitte hatten sie: Es sollte noch ein Durchgang möglich sein. So viele Leute waren stehengeblieben, daß auf dem Hauptweg kein Durchkommen mehr möglich war.

Ein verzweifelter, heimatloser junger Mann hatte uns auf das Thema gebracht, das ungelöst hinter dem bürgerlichen Sonntagsfrieden steht. Ich hätte nie geahnt, daß die Menschen letztlich an dieser Frage brennend interessiert sind: Wie wird man mit der Macht des Bösen fertig?

Darum sollten Christen viel unerschrockener davon reden, daß Jesus Christus erlöst und befreit. Er hat die große Macht, alle Praktiken des Teufels zu zerstören.

Er will das auch bei uns tun.

»Nur einmal richtig zurückschlagen!«

Erregt erzählt ein 16jähriger Junge aus unserem Bibelkreis, was in seinem Gymnasium passiert ist.

Er gehört dort dem kleinen Schülergebetskreis an. Von allen Seiten werden sie angefeindet und bekämpft. Sie haben keinen leichten Stand. Am meisten schmerzt es, daß die heftigsten Angriffe von den Mitschülern kommen, die in einen kirchlichen Jugendclub gehen.

An diesem Tag haben sie einen gemeinen, hinterhältigen Angriff gegen den Gebetskreis unternommen: Ein großes handgemaltes Poster hängt am Morgen bei den Anschlägen vor dem Rektorat: Pietistenspiel. Das ganze Plakat ist voll von gehässigem und gemeinem Spott über die frommen Beter und ihr Bibellesen.

In großen Scharen stehen die Schüler vor dem Plakat und amüsieren sich ausgelassen. Und die paar vom Schülerkreis stehen mit rotem Kopf da. Es ist den ganzen Tag über wie ein Spießrutenlauf.

Als mir der Junge das am Nachmittag berichtet, ist er noch ganz erregt und voll Wut.

»Wer das gemalt hat, weiß ich«, zischt er heraus.

»Einmal will ich mich rächen dürfen. Einmal muß man richtig zurückschlagen dürfen!«

Wie der Junge vor mir steht mit seinen breiten Schultern und den kräftigen Armen, da verstehe ich, wie schwer es ihm fällt, nicht mit den Fäusten Rache zu üben. Die Verletzungen gehen zu tief.

Wie oft haben wir im Bibelkreis über Nachfolge Jesu und das geduldige Ertragen der Schmach und aller Beschimpfungen gesprochen. Damals war es nur theoretisch, und es ist so schwer, das jetzt in die Praxis umzusetzen.

Darum lesen wir noch einmal den Abschnitt in der Bibel, wo Jesus seine Jünger wie Schafe mitten unter die Wölfe sendet. Es dauert keinen Augenblick, da fallen diese wilden Raubtiere über die hilflosen Schafe her.

»Kann Jesus das von mir verlangen?« fragt der Junge. Viel lieber wäre er wenigstens für eine halbe Stunde Wolf unter Wölfen, um richtig zuzubeißen und zu schlagen.

Darum muß ich erklären, warum Jesus seine Leute diesen schweren Angriffen aussetzt. Wölfe können nur durch die sanfte und stille Art der Lämmer überführt werden. Nur die sanftmütige Art der Schafe kann ihr Gewissen aufwühlen.

Bevor wir auseinandergehen, beten wir noch zusammen. Nach einer langen Pause betet der Junge für den, der dieses verletzende Plakat gemalt hat. Und er bittet um ein anderes, neues Herz, damit er auch den lieben kann, der ihn haßt.

Nie mehr habe ich etwas davon gehört, was aus jenem Mitschüler wurde. Ob diesem Lästerer das schlichte Tatzeugnis der besiegten Rachegefühle Eindruck gemacht hat? Ich weiß es nicht.

Doch das andere steht fest: Alle, die damals zu dem kleinen Schülerkreis gehörten, sind heute mutige und stabile Christen geworden. Sie reiften im Widerspruch und im Spott der anderen. Darunter haben sie alle Wehleidigkeit und Empfindlichkeit abgelegt.

Tatsächlich ist es kein Weg der Schwäche, wenn man Unrecht still ohne Widerspruch erträgt – um Jesu willen.

Im Bombenkeller

Noch als Kind habe ich die Schrecken des Krieges erlebt. Das hat mich tief geprägt.

Immer wenn die Sirenen heute heulen, wachen alte Erinnerungen wieder auf.

Mitten in der Nacht wurde man aufgeschreckt. Und dann rannte man, nur mit dem Notwendigsten bekleidet, die Treppen hinunter in den Keller.

Schon unterwegs hörte man die ersten Einschläge krachen.

Unten im Keller saß man da und wartete. Alle hatten furchtbare Angst. Das primitiv gebaute Untergeschoß in dem alten Haus konnte ja fast keinen Schutz bieten.

Noch heute habe ich das Heulen der Luftminen im Ohr. Einige Sekunden lang wartete man, wo es einschlagen würde. Dann ohrenbetäubender Lärm.

Von den Einschlägen ganz in der Nähe zitterten und bebten die Wände. Die Luft war voller Staub. Man meinte zu ersticken.

Der Luftschutzwart hatte sich auf den Boden geworfen und hielt sich die Hände vor das Gesicht.

Diesen Mann bewunderten wir Kinder bei Tage. Mit seinem Helm sah er wie ein mutiger Krieger aus. Die breite Koppel machte uns großen Eindruck. Bei ihm fühlten wir uns sicher. Er war ja so stark.

Und jetzt schrie er, auf dem Boden liegend: »Es ist alles aus. Bei uns hat es eingeschlagen!« Wir Kinder schrien. Die Nachbarn im Raum kreischten.

Da drückte die Mutter uns Kinder nur in ihren Schoß und betete in aller Ruhe den 23. Psalm:

Der Herr ist mein Hirte,
mir wird nichts mangeln.
Er weidet mich auf einer grünen Aue
und führet mich zum frischen Wasser.
Er erquickt meine Seele.
Er führt mich auf rechter Straße
um seines Namens willen.
Und ob ich schon wanderte durchs finstere Tal
fürchte ich kein Unglück;
denn du bist bei mir,
dein Stecken und Stab trösten mich.

Nach dem Luftangriff verließen wir den Keller. Die Treppe war mit Glassplittern und Dreck übersät. Doch das Haus stand noch. Gott hatte uns wunderbar bewahrt.

Zwei Briefe

Vor kurzem traf bei der Aktion *Hilfe für Brüder* ein Brief ein:

»Liebe Freunde!

Geld habe ich nicht. Aber darf ich für Ihre Anliegen beten? Gott hat mich im Alter von 55 Jahren in die Stille des Pflegeheims geführt. Dort habe ich im Rollstuhl eine großartige Erfahrung gemacht: die Fürbitte.

Dadurch ist mein Leben so reich ausgefüllt. Außerdem werde ich stark gesegnet und stehe mit der weltweiten Gemeinde Jesu in Verbindung und darf an allem teilnehmen.

Ich bin sehr glücklich! Ich darf für andere da sein und werde auch in meiner Krankheit von Gott gebraucht. Ich darf alle liebhaben.«

Wenig später schrieb dieselbe Frau:

»Es passiert ab und zu, daß ich nicht mehr weiter kann. Aber es kommt immer Hilfe. Ich genieße jetzt im Sommer die Wärme, die Schöpfung Gottes in der Natur, und bin so dankbar.

Die Fürbitte läßt mich gesunden. Ich werde mehr gesegnet als die andern. Durch die Fürbitte stehe ich den ganzen Tag vor Gottes Thron. Auch wenn ich im Rollstuhl sitze, bin ich doch vor Gottes Angesicht. So bin ich vollkommen geborgen und habe großen Frieden. Das macht mich ganz frei und gelöst. Es kommt auch meinem Körper zugute – und meiner Seele.

Dadurch konnte manche Depression vertrieben werden. Ich betete: ›In dir, Herr, habe ich alles. Du wirst mir geben, was ich brauche. Ich vertraue dir grenzenlos. Ich bin dein Kind!‹

So gesunde ich innerlich. Die Wunden heilen. Ich bin wirklich unglaublich reich, denn unser Gott ist groß!«

Ist die Ehe noch zu retten?

»Sie sind doch Pfarrer Scheffbuch aus Stuttgart?«

Im Haus des Evangeliums-Rundfunks in Wetzlar spricht mich eine Frau an, die eben mit einer Gemeindegruppe die Studioräume besichtigt.

»Ich kenne Sie von den Radioansprachen her«, entschuldigt sie sich, »aber seit einigen Monaten bete ich, daß ich Ihnen persönlich begegne.«

Sie hat eine etwa 25jährige Tochter, die seit einigen Jahren in Stuttgart verheiratet ist. Irgendwie kriselt es in der Ehe. Ob ich helfen kann? »Sie müssen meine Tochter besuchen!« fordert die Frau.

Ich muß abwehren. Solche Leute überschätzen meinen Einfluß völlig. »Die lachen mich doch aus, wenn ich als Pfarrer komme.«

Die Mutter meint es aber ernst. Sie hat Tränen in den Augen und sagt nur leise: »Ich kann doch für meine Tochter nicht die Hoffnung aufgeben. Für Jesus ist nichts unmöglich.«

Ja, wenn es nur so einfach wäre, denke ich.

Es bewegt mich aber, wie die Mutter für ihre Tochter eintritt, und so notiere ich die Anschrift.

Solche Aufträge belasten mich schwer. Wie soll ich die fremden Leute ansprechen? Darf ich sagen, woher ich ihre Anschrift weiß? Die meisten reagieren sehr ärgerlich, wenn sie merken, wie man sich um sie kümmert.

So schreibe ich erst einmal einen Brief und lade die junge Frau zum Gottesdienst ein.

Tatsächlich, nach dem Gottesdienst am nächsten Sonntag grüßt sie mich. »Vielen Dank für den Brief!« sagt sie fröhlich. Das ist also die Frau mit der Ehekrise.

Wir unterhalten uns etwas. Die junge Frau ist beim Gericht angestellt. Als ich nach ihrem Mann frage, sagt sie unbekümmert: »Mein Mann ist schon vor 14 Tagen ausgezogen. Die Scheidung läuft.«

Dachte ich mir's doch gleich. Was soll da noch zu retten sein?

Es ist so schwer, von außen in den Ehestreit hineinzureden. Da liegen schwere Verletzungen vor. Unrecht ist erlitten worden. Oft kommt es zu peinlichen Entehrungen.

Manche meinen, man könne mit einigen guten Worten alles wieder ins Lot bringen. So können aber die unheimlich tiefen Gegensätze nicht ausgeglichen werden.

Ich muß immer an die betende Mutter denken. Wenn Gott nicht an den Herzen dieser Menschen arbeitet, können wir durch eigenes Handeln nichts erreichen.

Und dann geschieht es, daß die junge Frau bei einem Bibelabend in einem Hauskreis Jesus als ihren Herrn aufnimmt. Und je länger sie Jesu Wort hört, um so tiefer entdeckt sie an sich Versäumnisse und Schuld. Darunter leidet sie schwer.

Schließlich findet sie keine Ruhe mehr, bis sie ihrem Mann nachreist, der als Geschäftsmann nach Norddeutschland verzogen ist. Sie folgt ihm nicht, um ihm Vorhaltungen zu machen. Kein Wort der Anklage oder des Vorwurfs kommt über ihre Lippen.

Sie will nur um Verzeihung bitten. Ganz konkret nennt sie die Dinge, die ihr der Heilige Geist gezeigt hat. Lieblosigkeiten, Härte, Wehleidigkeit, Eifersucht.

Der Mann erzählt mir später, wie ihn das umgehauen hat. Er kennt doch seine Frau, und nun ist sie wie verwandelt. Zuerst kommt ihm alles irgendwie überspannt vor.

Dann aber kann er nicht daran vorbei, daß ihre Liebe echt ist. Er sieht plötzlich viele Dinge des früheren Ehelebens ganz anders. Er wird suchend und fragend.

Bei einer Evangelisation in einer kleinen freikirchlichen Gemeinde in der Nähe kommt er zum Glauben an Jesus Christus. Und er reist zu seiner Frau, um sie um Verzeihung zu bitten für manche Schuld, die ihm jetzt erst bewußt wird.

Da beginnt ihr Leben zu zweit von neuem. Jetzt hat Jesus ihre Ehe auf einen festen Grund gestellt.

Sie sind nun schon vor Jahren aus unserer Gemeinde weggezogen und wohnen hoch im Norden. Doch immer, wenn ich die beiden treffe und sehe, wie glücklich sie miteinander sind, dann muß ich an die betende Mutter denken.

Herzen verändern kann nur Gott selbst.

Nicht vergessen

Endlich kann ich den mutigen Prediger in Osteuropa besuchen. Zusammen mit seiner Frau hat er die schlimmen Verfolgungen durch Stalin miterlitten.

Er spricht nicht darüber. Zu schwer bedrücken die Erinnerungen.

Wir sitzen in dem armselig eingerichteten Zimmer zusammen. Einen Schrank für die Kleider gibt es nicht. Die hängen an Nägeln an der Wand.

Er erzählt uns von seiner kleinen Gemeinde. Wer teilnimmt, macht aktiv mit. Jeder hat im Gottesdienst die Bibel dabei und schlägt die angegebenen Stellen nach.

Das größte Erlebnis für die kleine Gemeinde war der Besuch des liberianischen Staatspräsidenten William Tolbert. Bei seinen Reisen in die kommunistischen Länder hat er nie seinen evangelischen Glauben verleugnet. Bei der Planung der Staatsbesuche verlangte er immer auch den Besuch eines Gottesdienstes am Sonntag.

Als unser Freund das erzählt, hat er Tränen in den Augen. Für sie ist alles ganz überraschend gekommen. Plötzlich fuhren am Sonntag vor dem kleinen Kirchlein große schwarze Limousinen vor, begleitet von weiß gekleideten Polizisten auf Motorrädern. Auch ein kommunistischer Minister des Landes war mitgekommen.

Es war dem gläubigen Staatspräsidenten aus Westafrika wichtig, die verfolgten und bedrängten Gemeinden in den kommunistischen Ländern zu stärken und zu ermutigen.

»Das ist mein Freund!« sagte Tolbert zu dem kommunistischen Minister und zeigte auf den Prediger. »Er braucht Ihre Hilfe!«

Der Prediger reagierte schnell und bat um Genehmigung, für Nachwuchsprediger einige Kopien eines Lehrbuches machen zu dürfen.

»Für Sie bin ich nur in meinem Büro in der Hauptstadt zu sprechen!« wies der Minister ihn kalt ab. Doch Tolbert legte seine Hand auf die Schulter des Predigers und sagte zu dem Minister: »Ich habe die Bitte an Sie!«

Die Kopien wurden genehmigt.

Später wurde Tolbert bei einem Staatsstreich ermordet. Man darf nicht vergessen, was er für viele Gemeinden in der Verfolgung bedeutet hat. Ich möchte diese »Blumen der Erinnerung« auf sein Grab legen. Der Prediger erzählt weiter, wie sie noch heute im Windschatten dieses Schutzes durch den einflußreichen Freund ihre Arbeit tun können.

Dann will er von uns wissen, wie es in Deutschland mit Gottes Reich steht. Ich erzähle ihm von den Treffen und Geschehnissen der letzten Zeit, aber auch, wie bei vielen Christen durch die Bibelkritik das Vertrauen in Gottes Wort erschüttert ist. Viele seien verunsichert.

Da schüttelt er den Kopf. »Zweifelt ihr eigentlich auch, ob die Sonne scheint?«

Das hat er in den schrecklichen Jahren der Haft im Straflager erfahren, wie Gottes Wort absolut gilt und verläßlich ist. Er kann es nicht verstehen, wie satte Menschen im westlichen Wohlstand ihre eigenen Gedanken höher schätzen als Gottes Wort.

Und er lächelt nur, als er sagt: »Ihr werdet auch noch entdecken, welch ein unvergänglicher Schatz die Bibel ist!«

Sie singen wieder!

Über viele Jahre hinweg habe ich nie eine Besprechung dieses Liederbuches in einer Zeitschrift gefunden. Ich meine das in Millionenauflage gedruckte »Jesu Name nie verklinget«. Es ging ganz allein seinen Weg.

Es ist interessant, wie ich es zum ersten Mal entdeckte.

Wir waren auf einer Sommerfreizeit mit jungen Männern an der Nordsee. Auf einer Hallig hatten wir eine primitive Unterkunft. Manche Freizeitteilnehmer waren enttäuscht, weil sie offenbar einen sonnigen Sandstrand erwartet hatten.

Zu allem Unglück hatten wir das Buch mit den Fahrtenliedern zu Hause vergessen. Was sollten wir singen? Damals sangen die jungen Leute nicht gerne. Irgendwie war es aus der Mode gekommen.

In einer Ecke unseres Freizeitheimes lagen die blauen Bücher mit Erweckungsliedern. Der Freizeitleiter wagte es, einige Lieder anzustimmen. Die Gitarren begleiteten.

Was keiner für möglich gehalten hätte, geschah. Die jungen Leute sangen wieder mit Begeisterung und Freude!

Am Sonntag in der kleinen Halligkirche wirkten sie im Gottesdienst mit. Schon Tage vorher übten sie das Lied: »Im Kreuz ist unsre Kraft verborgen!«

Wie tief die jungen Leute von den Liedern angesprochen waren, merkten wir vor allem bei unserem Tagesausflug nach Amrum. Bei der Heimkehr mußten wir am Hafen noch eine Stunde auf das Boot warten. Wer junge Leute kennt, weiß, wie solche Zeit meist mit Blödelei gefüllt wird.

Doch unsere jungen Männer hatten eine andere Idee: »Wir könnten ja singen! Die Leute hier müssen doch auch die Lieder aus dem blauen Buch hören.« Und dann sangen sie vor den pikfeinen Badegästen von Jesus und seiner Liebe.

So wird es an vielen Orten gewesen sein. Durch dieses

Liederbuch haben viele christliche Jugendgruppen wieder gewagt, missionarisch zu werden. Man kann sie finden, wie sie auf den Straßen und in den Fußgängerzonen stehen und zu Jesus einladen.

Es gehört zu den merkwürdigen Besonderheiten dieses Buches, daß keine Kommission es bearbeitet und keine Institution seine Einführung beschlossen hat. Es hat sich selbst den Weg gebahnt. Nicht einmal Werbung war dafür notwendig. Das Buch machte für sich selbst Reklame. Und wer heute die bedrängten evangelischen Gemeinden in Rumänien oder der Tschechoslowakei besucht, wird selbst dort das Liederbuch finden.

Manche aber haben die Nase über dieses Buch gerümpft. Sie vermissen darin einen besonderen künstlerischen Anspruch. Diese Kritik hat begabte Liedermacher nicht ruhen lassen. Sie haben eindrucksvolle Werke geschaffen, die sich sehen lassen können und die in neueren Ausgaben Eingang gefunden haben.

Ich möchte darüber nicht jene Lieder aus dem ersten blauen Band vergessen, die uns damals in der Jugendarbeit wieder Freude am Singen machten. Die Botschaft dieser Lieder bleibt:

Jesu Name leuchtet helle,
und sein Glanz vergehet nicht.
Jesu Name bringt der Seele
selbst in tiefster Nacht ein Licht.
Mag auch einst die Welt versinken,
mag vergehn der Sonne Schein:
Jesu Nam wird weiterklingen,
unvergänglich wird er sein.

Obdachlos am Sinaikloster

Müde und steif vom langen Sitzen kletterten wir am späten Nachmittag aus dem Bus. Wir standen vor dem Sinaikloster. Hoch ragte das Bergmassiv hervor. Der grüne Klostergarten wirkte einladend in der kahlen Wüste.

Die Fahrt an der langen Küste des Roten Meeres entlang war ermüdend gewesen. Damals konnten Busse nur über den großen Umweg, an der engen Meeresstraße von Tiran vorbei und den Golf von Suez entlang, das Sinaikloster erreichen. Zum Schluß führten die Wege über staubige und holprige Trockentäler.

Jetzt freuten wir uns auf ein paar Stunden Ruhe, bevor wir zum Sonnenaufgang den Sinaiberg ersteigen würden. Schon vor Monaten war die Unterkunft im Gästehaus des Klosters gebucht und auch bestätigt worden.

Doch die Mönche wiesen uns schon an der Klosterpforte ab. Ihnen sei von unserer Gruppe nichts bekannt. Zudem sei das Gästehaus voll belegt. Eine Gruppe amerikanischer Touristen sei dort über Nacht. Schließlich gelang es uns, mit dem israelischen Führer zusammen den leitenden Klosterabt zu sprechen. Er war höflich, aber doch abweisend und kurz: Es gebe auch keine Notquartiere. Wir sollten selbst zusehen, wie wir zurechtkämen.

Dann schlossen die Mönche mit einer höflichen Verbeugung die Türe, und wir standen draußen in der Wüste. Ich schaute immer wieder an den dicken Klostermauern hoch. Dort hatte sich Mitte des vorigen Jahrhunderts der Gelehrte und Forscher Constantin von Tischendorf im Korb hochziehen lassen. Das war damals der einzige Zugang ins Kloster gewesen. Vielleicht fiel er mir gerade jetzt ein, weil er einst die Klosterinsassen ziemlich pauschal als »Pack« bezeichnet hatte. Obwohl seitdem 130 Jahre vergangen waren, verstand ich den verärgerten Gelehrten sehr gut. Aber auch die Mönche hatten damals

Grund gehabt, sich über den Forscher schlecht auszusprechen. Nahm er ihnen doch eine dort von ihm aufgespürte Handschrift aus dem 4. Jahrhundert, den Codex Sinaiticus, weg, um ihn in einem großen Museum in Petersburg aufbewahren zu lassen. Die Entdeckung des Codex Sinaiticus war eine Weltsensation und bestätigte die Verläßlichkeit des biblischen Wortes und seiner Überlieferung.

Nun hing kein Korb an der Mauer, durch den man sich hätte hochziehen lassen können. Auch die Türe war fest verschlossen.

Wenn ich heute an jene dunkle Stunde im Leben eines Reiseleiters zurückdenke, kann ich nur mit Respekt und Hochachtung von den Teilnehmern der Gruppe sprechen.

In Kürze schilderte ich ihnen die mißliche Lage: »Heute nacht bekommt keiner ein Bett!« Doch kein erregter Protest folgte. Jeder versuchte, das Beste aus der schwierigen Situation zu machen.

»Das gibt das interessanteste Erlebnis der Reise!« meinte ein junger Fabrikant, der mit seiner Frau dabei war. Andere umringten mich und klopften mir tröstend auf die Schulter, als sie merkten, daß ich voll Wut war.

Da wir am Morgen spätestens um 3 Uhr in der Frühe zum Sinaiberg aufbrechen mußten, wenn wir rechtzeitig zum Sonnenaufgang dort sein wollten, brauchten wir eine Schlafgelegenheit. Dafür bot sich nur der Bus an.

Nun hatte man damals in Israel noch keine luxuriösen Reisebusse. Die Sitzlehnen waren kurz und ohne Kopfstütze. Oben war ein großer metallener Haltegriff angebracht, den man beim Zurücklehnen spürte. Außerdem konnte man die Lehnen nicht verstellen. An Schlaf war unter diesen Umständen nicht zu denken. Man saß aufrecht in seinem Sitz.

Alle Plätze des Busses – bis auf vier in der hintersten Bank – waren belegt. Einige junge Leute kamen dann auf den Gedanken, auf das Busdach zu klettern. Dort war ja für das Gepäck ein großer Dachträger. Die Koffer hatten wegen der schlechten Straßen in Eilat zurückbleiben müssen, da sie zu schwer waren. Die jungen Leute versuchten nun, es sich dort oben bequem zu machen. Das hatte nur den Nachteil, daß bei jeder Drehung der müden Schläfer nicht nur der Dachständer, sondern der ganze Bus ächzte und quietschte. Als auch noch kurz vor Mitternacht ein kleiner Regen niederging und die Schläfer laut über das Busdach polterten, um schnell im Bus Zuflucht zu finden, da waren wieder alle hellwach.

Zum Schlafen konnte man wirklich nicht kommen. Dafür sorgte auch der israelische Fahrer. Damit er für die 400 km lange Rückfahrt ausgeruht wäre, wiesen wir ihm die Rückbank zu, wo er sich längs ausstrecken konnte. Er war der einzige, der fest und tief schlief. Er tat das so gründlich, daß sein donnerndes und sägendes Schnarchen immer wieder laute Lachsalven im Bus auslöste.

Über all diesen Aufregungen hatten wir ganz das Abendessen vergessen. In Kühlboxen hatten wir herrliche Lunchpakete dabei, gerichtet von einem Hotel in Eilat. Es waren schön belegte Brote und leckere Fleischküchlein.

Bei der Rückkehr vom Sinaiberg am Mittag konnten wir die reichhaltige Verpflegung gar nicht aufessen. Es war zuviel.

Da erbarmten wir uns über die Beduinenkinder, die uns neidisch beim Essen zusahen. Es tat uns leid, wie sie dastanden mit ihren zerrissenen Kleidern und hungrig und sehnsüchtig jeden Bissen beobachteten.

Es dauerte nicht lange, da war die ganze Reisegruppe einstimmig der Meinung: »Was brauchen wir uns jetzt satt zu essen? Gebt alles Brot und Fleisch den armen hungernden Kindern!«

Es war eine große Freude, den Kindern diese guten Speisen zu verteilen. Gierig streckten sie ihre Hände aus und rannten lachend davon. Wir holten unsere Kameras, um unsere soziale Hilfsaktion auch noch dokumentarisch im Bild festzuhalten.

Doch zu unserem Entsetzen nahmen die Kinder nur einen Bissen und spuckten alles gleich wieder aus. Dann warfen sie Brot und Fleisch auf den Boden und trampelten wild darauf herum. Andere kickten die köstlichen Lunchpakete durch die Luft.

Einige Beherzte unter uns schrien die Kinder an. Es hatte wenig Sinn, selbst wenn wir ihre Sprache gesprochen hätten.

Für diese Kinder konnte es nichts Gutes sein, was die reichen Touristen wegschenkten. Daß es außerdem ungewohnte Speise war, verstärkte bei den Kindern den Verdacht, es sei doch nichts Eßbares gewesen, sondern eben nur Abfall, was ihnen da in die Hand gedrückt worden war.

Auf eindrückliche Weise erlebten wir an diesem kleinen Beispiel, was weltweit in der Entwicklungshilfe immer wieder zum Scheitern teurer Projekte führt.

Die beste und schönste Gabe kann nicht in ihrem großen Wert erkannt werden, wenn sie als fremd empfunden wird. Leider ist auch das eine immer wieder gemachte Erfahrung, daß bloße Geschenke der Wohltätigkeit nicht geachtet werden. Was nichts kostet, hat keinen Wert.

Nur das, wofür man selbst gearbeitet und bezahlt hat, wird in seinem Wert richtig geschätzt.

Tante Lydia

Die meisten sagten zu ihr einfach »Tante Lydia«. Nicht nur in der schwäbischen Kleinstadt, in der sie wohnte. Auch bei den Sommerfreizeiten, wo sie als Köchin für manchmal bis zu 20 Familien die Mahlzeiten festlich zubereitete, freute sich jung und alt über »Tante Lydia«.

Sie war schon 70 Jahre alt, als ich sie kennenlernte. Manche Leute meinen ja, man sei mit 70 Jahren richtig alt. Das mag auch bei vielen so sein, nicht aber bei Tante Lydia. Sie besaß bis zu ihrem Tod eine ungewöhnliche Vitalität und Energie. Manche dachten sogar, es sei fast ein bißchen zuviel.

Doch zuerst will ich ein wenig von den Freizeiten an der Nordsee erzählen. Ein ehemaliges Wirtshaus war von einem württembergischen Gemeinschaftsverband unter großen Opfern gekauft worden. Er wollte dort an der See Ferien unter Gottes Wort anbieten.

Das Anwesen liegt auf einer Insel im Wattenmeer. Sie gehört nicht zu den großen Badeinseln mit den langen und weiten Sandstränden, sondern ist dem Typ nach eine Hallig. Man muß diese urwüchsige Landschaft lieben, die voller herber Schönheiten der Natur steckt.

Für den großen Ferienansturm war das alte Wirtshaus mit dem typischen Reetdach noch etwas schlecht gerüstet. Man hat es später völlig modernisiert und neu gebaut. Damals war es schon ein Kunststück, so viele Menschen dort unterzubringen. Das kleinste Kämmerchen war mit Familien vollgestopft. Und wenn man Tante Lydia sah und herzlich von ihr willkommen geheißen wurde, war man schon guter Laune.

Nur einmal in vielen Jahren wurde Tante Lydia einem ganz bösen Verdacht ausgesetzt. Sie wollte schon abreisen und ihren Platz räumen.

Das kam so: Für Freizeitgruppen war die Küche wirklich sehr klein. Vielleicht war sie für eine Familie mit einigen Kindern ausreichend. Es grenzte schon ans Wunderbare, wie Tante Lydia auf diesem kleinen Herd für so viele Leute kochte. Sie schaffte es immer wieder mit ungeheurem Fleiß und großem Einsatz.

Einmal fing sie schon morgens um 5 Uhr in der Frühe an, Teig auszuwalzen. Als Überraschung sollte es original schwäbische Maultaschen zum Mittagessen geben. Nun habe ich noch nie eine Hausfrau getroffen, die den Teig mit der Hand auswalzt, bis ich Tante Lydia traf.

Daß sie Schwäbin war, merkte man nicht nur an der Sprache oder den Maultaschen. Sie brachte es auch nicht übers Herz, Essensreste wegzuwerfen. Was in den Schüsseln wieder in die Küche zurückkam, wurde sorgfältig gesammelt und dann am Abend aufgewärmt.

Dann kam jener Krisentag. Es begann schon beim Frühstück, daß einige kreidebleich sich rasch wieder auf ihr Zimmer zurückzogen. Ihnen war schlecht. Von Stunde zu Stunde erhöhte sich die Zahl der Erkrankten. Die noch Gesunden standen zusammen. Aufgeregt erörterten sie die Ursache. Eine Hausfrau sprach dann den Verdacht aus: »Lebensmittelvergiftung!« Andere pflichteten ihr bei: »Das kommt von den Essensresten. Sicher war etwas verdorben!« Je länger man beieinander stand, um so überzeugter war man, der Ursache des Infekts auf die Spur gekommen zu sein.

Tante Lydia hörte das sofort. Wie? Das bleibt geheimnisvoll. Offenbar war sie so hellhörig, daß sie gleich merkte, was da hinter ihrem Rücken getuschelt wurde. Das verletzte sie tief. Wie hätte sie ihren geliebten Gästen ein Essen servieren können, das nicht völlig einwandfrei und gesund war?

So kam sie zu mir und teilte mir mit: »Ich packe jetzt meinen Koffer und fahre heim. Ich möchte nicht, daß die Leute wegen mir krank werden.«

Es war gut, daß einige der besorgten Eltern den Inselarzt gerufen hatten. Als er die Kranken sah, klärte er alles schnell auf: »Das ist die Roggenseuche. Ihr Name kommt daher, daß sie immer bei der Ernte auftritt. Es sind Infekte aus den offenen Abwasserkanälen der Insel, die bei großer Hitze entstehen.«

Jetzt mußte auch Tante Lydia lachen. Und nachtragend war sie nicht. Nun war alles wieder in Ordnung.

Sie tat ihren Dienst Jahr für Jahr bei vielen Freizeiten, solange man sie brauchte. Und geschmeckt hat es immer prima.

Eigentlich ging es Tante Lydia nicht um das Essen. Ihr ging es vor allem darum, daß Menschen ihr Leben mit Jesus Christus neu ordneten und bereinigten.

Einmal war auf einer Freizeit eine Krise in einer Familie offen aufgebrochen. Zwischen zwei Eheleuten herrschte blanker Haß. Ich setzte mich mit den beiden in ein Zimmer, und wir sprachen bis tief in die Nacht noch miteinander.

Da geschah etwas Merkwürdiges. Im Lauf des Gesprächs, das wir führten, veränderten sich die beiden Eheleute mehr und mehr. Sie gingen ganz neu aufeinander zu. Es kam zu einer großen Wende durch eine offene Aussprache und Bekennen der Schuld vor Jesus Christus, Vergeben und Gebet.

Es war schon nach Mitternacht, als wir auseinandergingen.

Im Tagesraum brannte noch das Licht. »Ja was gibt's denn bei euch noch?« fragte ich. Da schaute mich Tante Lydia an: »Wir haben in den letzten Stunden zusammen gebetet, daß Jesus den Sieg behält über alle dunklen Mächte.«

»Er hat!« konnte ich dankbar sagen.

Oft dachte ich, das Leben von Tante Lydia sei doch sehr arm. Geheiratet hat sie nie. Sicher hätte sie gerne eine Familie gehabt. Aber dann weiß ich, daß sie aus ihrem Leben viel mehr gemacht hat, als sie je in einer Familie hätte verwirklichen können. Für viele Menschen wurde sie so etwas wie eine Mutter.

Wie stoppt man einen Schnellzug?

Mitten im Winter sollte in Stuttgart ein großes Jugendtreffen stattfinden.

Doch am Vorabend traten ungeahnte Schwierigkeiten auf.

Es regnete, und gleich fror die Nässe zu tückischem Eis. Ob die vielen jungen Leute am nächsten Tag überhaupt kommen konnten?

Ich wollte die beiden Festredner am Abend am Flughafen abholen. »Ist das Flugzeug aus London pünktlich?« fragte ich telefonisch bei der Fluglinie an.

»Heute geht kein Flugzeug aus London ab«, wurde ich informiert. »In London ist der ganze Flughafen wegen der schlechten Wetterbedingungen nicht zu benützen.«

Wie sollte morgen das Treffen stattfinden können, wenn die beiden Hauptredner fehlten?

Vielleicht kommen sie mit dem Zug? So hoffte ich. Aber dem war leider nicht so.

Jetzt half nur noch Beten.

Währenddessen saßen die beiden Redner noch am Abend im Londoner Flughafen und warteten. Eigentlich hatten sie schon ihre Tickets zurückgeben wollen. Da kam eine Ansage im Lautsprecher:

»In etwa einer Stunde soll ein Flugzeug nach Frankfurt starten!«

Am Schalter drängten sich Hunderte von Fluggästen. Alle wollten mit der einen Maschine fliegen. Die beiden Redner standen ziemlich weit hinten.

Da winkte ihnen die Dame am Schalter zu. Sie wußten nicht warum. Und sie erhielten einen Bordpaß!

Sie saßen schon im Flugzeug, da versuchten die Wartungsmannschaften immer noch, die Tragflügel mit chemischen Mitteln vom Eis zu befreien.

Es gelang nicht. Die britische Fluglinie wagte einen letzten Versuch, diesmal mit einer viel kleineren Maschine. Doch in die paßten noch weniger Passagiere.

Ohne zu drängen oder sich zu bemühen, bekamen die zwei Redner, die wir sehnsüchtig erwarteten, einen Platz in dieser Maschine. Aber noch immer war sie nicht in der Luft.

Es war schon spät in der Nacht, als ich beim Anruf auf dem Frankfurter Flughafen hörte, daß die Maschine den Start gewagt hatte. »Wir wissen aber noch nicht, ob Ihre Freunde dabei sind. Auch kann sie unmöglich in Frankfurt landen. Wir haben Nachtlandeverbot!« erklärte mir der freundliche Angestellte.

Und trotzdem landete sie in Frankfurt, nach 24 Uhr. Wieder telefonierte ich mit dem unermüdlich arbeitenden Bodenpersonal. »Wir wissen nicht, wie wir die Leute nach Stuttgart transportieren sollen«, sagten sie. »Es gibt nur noch die S-Bahn nach Mainz heute nacht. Doch wenn die ankommt, ist der Schnellzug schon durch. Sie können ihn nicht mehr erreichen.«

An eine Autofahrt war bei den völlig vereisten Straßen nicht zu denken. Da wagte ich das Äußerste. Ich rief die Aufsicht am Bahnhof Mainz an und schilderte meine Not: »Wir brauchen morgen früh die beiden Redner für das große Jugendtreffen mit 5000 Leuten!«

»Kein Problem!« meinte der Aufsichtsbeamte, »ich werde den Schnellzug anhalten, bis die S-Bahn aus Frankfurt da ist.«

Morgens kurz vor 5 Uhr stiegen sie in Stuttgart aus dem Zug, völlig übermüdet.

Wir waren überwältigt, wie Gott Unmögliches möglich macht.

»Ich schaffe das allein!«

Den ganzen Abend läutet das Telefon. Mindestens 30 Anrufe müssen es sein. Immer wieder meldet sich eine Frauenstimme. Schrill schreit sie in den Hörer von schrecklicher Not und Verzweiflung. Dann hängt sie wieder ein.

Wie kann ich diese Frau nur finden? Ich hole den Stadtplan. Sie hat bestimmt aus einer Telefonzelle angerufen. Im Hintergrund hat man den Straßenlärm gehört. Leichter findet man eine Stecknadel im Heuhaufen, denke ich.

Am nächsten Abend meldet sich die gleiche Frauenstimme wieder. Sie klingt ganz matt und leise: »Ich habe Tabletten genommen und möchte sterben!« Zum Glück nennt sie diesmal Straße und Hausnummer.

Ich fahre los. In einem Vorort finde ich das angegebene Haus. Es geht um Leben und Tod. Ich gehe um das Haus herum. Es ist dunkel. Wenn die genannten Angaben stimmen, muß die Frau im Erdgeschoß wohnen.

Wo könnte ich einsteigen? Alle Fenster sind verriegelt. Nichts ist offen.

Da hilft nichts, ich muß die Polizei holen. Die brechen die Türe auf. Wie schnell das geschafft ist! Gemeinsam gehen wir durch die fremde Wohnung, und da liegt die Frau bereits bewußtlos auf dem Sofa.

In wenigen Minuten ist der Notarzt da und fährt sie mit Blaulicht ins Krankenhaus. Nach einigen Tagen schon kann sie das Krankenhaus wieder verlassen.

Die Gemeinde kümmert sich rührend um die junge Frau. Ihr Mann ist Alkoholiker.

Eines Tages melden die beiden sich auf unserer Bibelfreizeit an. Sie sind seit ein paar Wochen stark von Jesus und seinem Wort angesprochen.

»Ohne mich könnt ihr nichts tun!« Das ist das Thema unserer Gespräche. Wir erzählen von Pannen und Nöten. Da hat Jesus uns herausgeholt. Viele haben das erlebt.

Zum Abschluß feiern wir das Abendmahl miteinander.

Beim Abschied spreche ich noch ein paar Worte mit dem jungen Ehepaar. Da sagt er: »Ich komme jetzt nicht mehr!«

Was ist geschehen? »Haben Sie sich über etwas geärgert?« frage ich beunruhigt.

»Nein, ich brauche das alles nicht. Ich schaffe es auch allein, ohne Jesus!«

Ich stehe da und bringe kein Wort mehr heraus. Wir reichen uns die Hand. Eine befreundete Familie bringt sie nach Hause. Damit haben sie sich verabschiedet.

Als in den nächsten Tagen einige nochmals einen Besuch machen wollen, werden sie brüsk abgewiesen.

Wenige Monate später hören wir von einer Schlägerei, in die jener Mann verwickelt war. Dabei muß er einen anderen mit dem Messer tödlich verletzt haben. Er war wieder völlig betrunken.

Als wir das erfahren, sind wir wie gelähmt.

Wir wissen, daß Jesus niemanden aufgibt. Auch nicht jenen Mann, der es aus eigener Kraft schaffen wollte.

Im Hubschrauber zu den Steinzeitmenschen

Das kann heute heiße Diskussionen auslösen, ob man das Evangelium von Jesus Christus auch zu den bis jetzt noch nicht erreichten Völkern bringen muß.

Wenn man sich in dieser Frage nach dem Wort Jesu richtet, kann Evangelisation und Mission gar nicht umstritten sein. Schließlich hat Jesus dies nicht in unser Belieben gestellt, sondern uns das ganz unmittelbar und direkt befohlen.

Manche fürchten aber, durch Mission würde den Eingeborenen ihr paradiesisches Glück geraubt.

Deshalb bin ich froh, daß ich in den letzten Jahren in vielen Teilen der Welt Missionsarbeit vor Ort kennenlernen konnte. Überall bis in die entlegensten Gebiete findet man eine unbeschreibliche Dämonenangst, die über den Menschen lastet.

Man muß nur einmal mit den Indianern Südamerikas reden, die aus der Zeit erzählen, bevor die Missionare kamen. Damals waren ihre Stämme vom Aussterben bedroht. Die Eltern wollten keine Kinder mehr haben, weil sie Angst vor der Zukunft hatten.

Schrecklicher Aberglaube hielt diese Indianer gefangen. Wenn zum Beispiel Zwillinge geboren wurden, bedeutete dies Unglück. Den eben geborenen Kindern wurde Sand und Dreck in den Mund gestopft. Dann legte man sie in die heiße Sonne, bis sie qualvoll starben. Dieser Brauch hatte keinen andern Sinn, als Geister zu besänftigen und Unheil abzuwenden.

Ich wollte schon immer gern auch in anderen Teilen der Welt Mission unter den Urvölkern kennenlernen. Es war meine große Chance, als die *Liebenzeller Mission* mich einlud, in der Weite Papua-Neuguineas ihre Gemeinden zu besuchen. Ich nahm gerne an.

Die Insel Neuguinea liegt auf der anderen Seite der Erdkugel, nördlich von Australien, heute aufgeteilt in Papua und Irian Jaya. In der Entwicklung ist das fruchtbare Land noch weit zurückgeblieben. Es gibt kaum Straßen.

In den Dörfern findet man überall die auffallend spitzen Kultstätten des Tambaram. Was es damit auf sich hat, erklärt mir der einheimische Kirchenpräsident, während wir auf der Pritsche eines Geländewagens über holprige Dschungelpfade fahren.

Als Junge ist er monatelang in diesen heidnischen Kult eingeführt worden. »In dieser Religion tut keiner etwas aus freien Stücken«, berichtet er. »Nicht, was einer will oder für gut ansieht ist wichtig, sondern jede Tat wird aus Angst vor bösen Geistern und ihrer Rache erzwungen.«

Die Angst vor der schwarzen Magie überschattet das ganze Leben. Selbst getaufte Christen fallen oft nach Jahren wieder in die alten Praktiken zurück, weil sie die Einflüsse der Zaubermächte fürchten.

Wenige Tage später bietet sich die Gelegenheit, einen Stamm der Steinzeitmenschen zu besuchen. Erst vor wenigen Monaten hat ein Missionar sie am April-Fluß gefunden.

Es ist nicht leicht, in dieses abgelegene Gebiet mitten im Dschungel zu kommen. Ein Hubschrauber der Wycliff-Bibelübersetzer soll dorthin Materialien zum Hausbau transportieren. Da kann ich mitfliegen.

Probleme gibt es aber, weil das Baumaterial, das unten befestigt ist, so schwer ist. Die Traglast des Hubschraubers ist damit schon erreicht. Da kommt der Pilot auf die Idee, einfach die Türen an seiner Maschine auszuhängen.

Zuerst stelle ich es mir schlimm vor, auf dem luftigen Sitz über die weiten Urwälder zu schweben. Aber es ist ein unvergeßlicher Flug; ich genieße es, wie der Hubschrauber sanft über die Baumkronen der Berge schwebt. Unter uns hängen am Seil die großen Wellbleche und ein Wassertank.

Meine Sorge gilt nur dem Piloten. Ob er bei der Weite des Landes noch weiß, wo wir sind? Immer wieder studiert er die Landkarte, folgt Flußläufen, ändert die Richtung und nimmt Kurs querfeldein.

Nach fast zweistündigem Flug erreichen wir die Siedlung am April-Fluß. Ein Papua, der von den einheimischen Gemeinden als Missionar zu diesem Stamm entsandt worden ist, begrüßt mich herzlich. Die dort lebenden Einheimischen wünschen sich, daß so bald wie möglich auch ein ausländischer Missionar zu ihnen kommt, der sie das Evangelium von Jesus Christus lehrt. Aber das ist erst möglich, wenn sie den Urwald gerodet und einen Landestreifen angelegt haben.

Nun kann man ahnen, was für eine qualvolle Arbeit es ist, Bäume zu fällen und Wurzeln auszugraben. Doppelt hart ist die Arbeit in dem schlimmen feucht-heißen Klima.

Diese Menschen, die noch auf der Kulturstufe der Steinzeit leben, haben mit einfachen Eisenwerkzeugen in wenigen Wochen mehrere hundert Meter Landebahn mitten im Urwald gerodet und planiert. So sehr sehnen sie sich nach der Ankunft des Missionars.

Heute findet man dort eine große lebendige Gemeinde von Christen, die den ganzen Stamm umfaßt.

Unter den Straßen einer Großstadt

Nur wenige der Autofahrer, die über die Straßen unserer modernen Großstädte brausen oder ungeduldig vor einer Ampel auf das Grünlicht warten, denken an jene Männer, die unter ihnen, unter den Kanaldeckeln, in den Abwasserröhren arbeiten.

Durch unsere Städte zieht sich ja ein dichtes Netz großer Abwasserkanäle, durch die eine schmutzige Flut fließt. In einer Großstadt sind einige hundert Arbeiter ständig damit beschäftigt, diese Röhren zu reinigen und Reparaturen vorzunehmen.

Durch ein schlimmes Unglück kam ich mit diesen unbekannten Kanalarbeitern zusammen.

Bei mir klingelte das Telefon: »Können Sie die Beerdigung übernehmen?« Das Friedhofsamt fragte für einen verhinderten Kollegen an. Ich sagte zu.

Es war ein Unfall, sagte man mir. Gleich machte ich mich auf den Weg. Die Familie wohnte in einem städtischen Mietsbau aus der frühen Nachkriegszeit. Erst jetzt erfuhr ich, was geschehen war.

Eine Gruppe von Kanalarbeitern war damit beschäftigt gewesen, unter Tage einen Kanal zuzumauern. Plötzlich waren aus unbekannter Ursache giftige Gase ausgetreten. Einige der Arbeiter waren bewußtlos umgefallen. Zwei hatten sich retten und Hilfe holen können.

Doch als die Rettungsdienste eingetroffen waren, war es schon zu spät gewesen. Drei Arbeiter waren tot.

Der Jammer in der Familie war nicht zu beschreiben. Die kleinen Kinder ahnten noch nicht, was es bedeutete, ohne Vater zu sein. Die Mutter weinte verzweifelt. Nachbarn und Freunde der Familie waren schockiert.

Wie sollte die Beerdigung werden?

Bei solchen Anlässen bin ich froh, daß ich nicht die Rätsel solcher Geschehnisse entwirren muß und kann. Was sollte ich auch als Außenstehender dazu sagen? Keiner sollte meinen, ich wollte das unbegreifliche Geschehen in seiner Schwere abmildern.

Gleich am Eingang beim Friedhof standen die Kollegen des verunglückten Arbeiters. Die anderen Verunglückten wurden auswärts in ihren Heimatorten bestattet. Nun konnte ich den harten Männern gegenübertreten, die für uns alle den schweren Dienst tun und in die übel riechenden Kloaken hinuntersteigen.

Einige Minuten konnten wir noch miteinander reden. Ich wollte diesen Männern für ihre Arbeit danken, die sie in unserer Stadt tun. Einer meinte: »Das riecht man nur in den ersten Minuten. Dann gewöhnt man sich an alles!«

Der schwere Unfall aber hatte sie tief verunsichert und fragend gemacht.

Als ich dann von der unheimlichen Welt redete, in der wir leben, sah ich, wie die Männer aufmerksam zuhörten. In unserer Welt geschehen immer wieder solche schrecklichen, rätselhaften Unfälle.

Ich hatte darum das Wort gewählt: »Es sollen wohl Berge weichen und Hügel hinfallen . . .« (Jes 54,10). Es gibt keine absolute Sicherheit. Schlimmen Gefahren sind wir ausgesetzt. Ganz plötzlich können sie über uns hereinbrechen.

»Ich kann Ihnen von mir aus keinen Trost geben«, bekannte ich offen vor der verzweifelten Familie und den vielen Männern. »Aber Sie können Gottes Gnade finden. Die gibt Ihnen in aller Unsicherheit und Angst der Welt einen festen und sicheren Halt.«

In solchen Augenblicken wird uns das Evangelium so groß und fest: »Meine Gnade soll nicht von dir weichen und der Bund meines Friedens soll nicht hinfallen! spricht der Herr, dein Erbarmer.«

Mitten in der Innenstadt

Eine Großevangelisation war geplant. Christliche Jugendgruppen hatten sich zur Mitarbeit zusammengefunden.

Irgendwo mitten im Zentrum der Stadt sollte sie abgehalten werden. Es gab lange Diskussionen. Am besten unter freiem Himmel müßte es sein, möglichst nahe der Drogenszene. Die jungen Menschen dort wollte man erreichen.

Schließlich war alles klar. Termin und Ort standen fest. Ein schwungvoller Name, der ansprach, mußte her.

Je näher der Termin rückte, um so mehr Angst hatten wir. Würde alles gutgehen?

Einer machte uns unruhig. Er fragte ganz direkt: »Glaubt ihr wirklich, der Teufel läßt sich so einfach die Innenstadt aus der Hand winden?«

Wir schwiegen.

Wir erleben ja täglich die vernichtende Macht des Bösen. Wir können um uns her sehen, wie der Teufel verführt und betrügt, fesselt und knechtet. Junges, blühendes Leben wird vergiftet und krank gemacht.

Hatten wir uns nicht auf etwas Verrücktes eingelassen? Auch uns bedrängte diese Frage. Waren wir nicht vermessen?

Immer wieder trafen wir uns zum Gebet. Es war kein sehr großer Kreis. Doch wir bekamen neuen Mut durch das Reden mit Gott.

Er will, daß allen Menschen geholfen wird und alle zur Erkenntnis der Wahrheit kommen. Dann will er es auch jetzt!

Die Woche der Jugendevangelisation begann. Vom ersten Augenblick an herrschte völlige Stille. Es gab keine Störungen, wenn man von den wenigen Sektierern absieht, die heimlich durch die Zuhörer schlichen und ihre merkwürdigen Traktate verteilten.

Aber was uns am wichtigsten war – Menschen kamen zum Glauben. Eine junge Frau, die eben ihre Ausbildung abgeschlossen hatte, kam zufällig vorbei und hörte zu. Sie war verzweifelt, weil ihr Freund sie verlassen hatte. Sie kam zum Glauben an Jesus Christus und geht seitdem diesen Weg. Solche Lebensentscheidungen wurden gefällt.

Tatsächlich, Jesus ist stärker. Er ist gekommen, die Werke des Teufels zu zerstören – auch mitten in der Innenstadt!

Putschgerüchte in Guatemala

Schon bei unserer Ankunft auf dem Flughafen in Guatemala-City sprechen unsere Freunde von dem bevorstehenden Militärputsch. Er liegt seit Wochen in der Luft. Seit dem Wechsel im Präsidentenamt hört man viele Hinweise auf Unruhen in der Armee.

Tatsächlich, morgens um 5 Uhr wachen wir durch wilde Schießereien auf. Ganz in der Nähe, es kann nicht weit weg von unserem Haus sein, knallt es ununterbrochen. Dazwischen hört man gedämpfte Stimmen. In der Ferne sind dumpfe Schläge auszumachen.

Es ist noch dunkel draußen. Sehen kann man nicht viel. Erst nach einer Stunde haben wir den Eindruck, daß die Schüsse weniger werden. Wir ziehen uns rasch an, um mit der Familie unseres Gastgebers alles Nötige zu besprechen.

»Wie sieht es aus?« fragen wir den Familienvater, als wir ihn im Hausflur treffen. Völlig verdutzt schaut er uns an. Er ist noch im Schlafanzug.

Die große Knallerei gehörte zum alljährlichen Spektakel am 15. August, dem katholischen Festtag zu Mariä Himmelfahrt. Sonst ist gar nichts los gewesen!

Und dann lernen wir die vielen stark wachsenden Gemeinden in diesem Land kennen.

Es ist Sonntag. Mir fallen die jungen Menschen im Stadtbild auf, die morgens oder nachmittags unterwegs sind zu den vielen evangelischen Versammlungshäusern und Kirchen. Sie tragen ihre Bibel unter dem Arm. Das ist typisch für den geistlichen Aufbruch in Mittelamerika.

Zum erstenmal in der über 400jährigen christlichen Geschichte dieser katholischen Länder wird im Volk überall Bibel gelesen.

Zweifellos hat die von Terroristen und Revolutionären geschürte Verunsicherung und Kriegsangst ein Klima geschaffen, in dem Menschen sich nicht mit materiellen Werten begnügen, sondern nach dem Sinn des Lebens fragen. Doch dies allein kann nicht den großen geistlichen Aufbruch erklären. Der wirkliche Grund für das starke Wachsen der Gemeinden dürfte in deren missionarischem Aufbau liegen. Alle Gemeindeglieder werden in einem zwölfmonatigen Einsatz zum glaubwürdigen Weitersagen des Evangeliums geschult. Diese bewährten Modelle einer umfassenden Evangelisation verdienen, von den Kirchen in aller Welt überdacht zu werden. Während in Guatemala noch vor 20 Jahren nur jeder hundertste Bewohner einer evangelischen Kirche angehörte, so ist es heute mindestens jeder fünfte. In El Salvador wuchs die Zahl der evangelischen Christen in wenigen Jahren auf 10 % der Bevölkerung.

Dabei sind diese Christen keine sich passiv verhaltenden Mitläufer, sondern hauptsächlich sich eindeutig zum Evangelium bekennende Mitarbeiter, die missionarisch auf die Gewinnung der Ungläubigen ausgerichtet sind.

Während in Europa die Kirchen mit großer Mühe kaum die bestehenden Mitgliedszahlen halten können, rechnen nicht wenige Kirchen in Mittelamerika fast schon wie selbstverständlich mit einer jährlichen Wachstumsrate von 8 %, sowohl bei der Zahl der Mitglieder als auch der Gemeinden und Missionsstationen.

Als ich in Santo Domingo, der Hauptstadt der Dominikanischen Republik in der Karibik, eintreffe, weiß ich nur, daß dort evangelische Christen eine verschwindend kleine Minderheit in dem Land sind, das einst durch die

Spanier unter dem Entdecker Kolumbus christianisiert worden ist.

Keine einzige Kontaktadresse habe ich vorher auftreiben können. Der erste Dominikaner, den ich kennenlerne, ein junger Mann, nimmt mich kostenlos ein Stück in seinem Auto mit, als ich nach dem Weg frage. Unter seinen Studienbüchern der Elektrotechnik hat er eine zerlesene Bibel liegen.

Die Hauptgefahr sehen die Evangelikalen selbst darin, daß die gegenwärtige Erweckungsbewegung nicht in die Tiefe der Bibel führt, sondern ein oberflächlicher Rausch wird, der sich am Ende nicht mit dem Heiligen Geist Gottes, sondern mit dem magischen Spiritismus vermischt.

Darum haben die zentralamerikanischen Gemeinden in Guatemala neben ihrem einflußreichen theologischen Seminar jetzt noch eine gründliche Laienschulung für Gemeindeleiter begonnen. In Costa Rica führen sie am Abend nach der Arbeit zwischen 18 und 22 Uhr in Kirchenräumen eine dreijährige Ausbildung für Pfarrer und Evangelisten durch. Methoden einer biblisch fundierten Ausbildung der Prediger, die überall in der Welt als »Theological Education by Extension – TEE« mit großem Erfolg im Einsatz sind, wurden erstmals in Guatemala entwickelt.

Nur wenn das Feuer der Erweckung durch gründliche biblische Lehre am Brennen erhalten wird, ist es kein Strohfeuer.

Bei Wind und Wetter

Überall kann man sie finden, die Frauen und Männer vom Gemeindedienst. Unzählige Meilen sind sie gegangen, treppauf und treppab.

Sie machen nicht viele Worte. Als Leute der Tat ziehen sie ohne große Umstände los. Bei ihren Kontakten an den Wohnungstüren wissen sie, wie wichtig gewinnende Liebe und herzliche Freundlichkeit sind.

Immer wenn ich an die Leute vom Gemeindedienst denke, fällt mir das Wort Treue ein.

Damals als ich im Schwarzwald gerade meine erste Pfarrstelle bezogen hatte, wollten wir alle Gemeindeglieder zum Advent mit einem christlichen Verteilblatt grüßen. Im Gottesdienst hatte ich zur Mitarbeit aufgerufen.

Fast niemand meldete sich. Einige wenige, meist ältere Leute, kamen.

Eine Frau war darunter, der das Gehen nicht leicht fiel. Ihr Gesicht aber strahlte. Sie wollte etwas tun. Schnell wurden die Blätter verteilt und der Bezirk zugewiesen. Am Nachmittag wollte sie sich gleich auf den Weg machen.

Es war schon dunkel geworden am Abend. Ich hatte meine Besuche längst beendet, da klingelte es an der Türe.

Da stand doch jene Frau, die solche Mühe mit dem Gehen hatte.

»Ich brauche noch einige Blätter!« sagte sie. Und während sie dastand, wehte der Wind ihre Haare unter dem Kopftuch hervor mitten ins Gesicht. Es war ungemütlich kalt draußen und naß.

Ich wehrte ab: »Jetzt ist es zu spät. Für heute machen wir Schluß.«

»Wir haben die Höfe oben auf dem Berg vergessen!«

Richtig, da lagen vor der Siedlung noch einige Weiler.

Sie ließ es sich nicht ausreden. Sie wollte nochmals hinaus und dort an den Türen einladen zum Gottesdienst.

»Wie ging's?« fragte ich sie noch.

Da lächelte sie: »Alle waren nett und freuten sich, nur mein Sohn schimpfte, warum ich das jetzt auch noch tun müsse.«

Ich schaute ihr lange nach, bis sie in der Nacht verschwunden war.

Erst viel später erzählte sie aus ihrem Leben. »Ich kann Jesus nie vergelten, was er an mir getan hat!« Das war bei ihr kein Spruch. Das bewegte sie tief.

Mit 17 Jahren heiratete sie, weil sie ein Kind erwartete. Ihr Mann war Trinker und tyrannisierte sie, wo er nur konnte.

Erst sehr spät fand sie bei einer Evangelisation zum Glauben an Jesus. Die Söhne verspotteten sie, wenn sie Bibel las. Doch unbeirrt ging diese Frau ihren Weg.

Ich lernte ihren Mann kennen. Er war völlig abweisend und lächelte überheblich, wenn man mit ihm redete. Jetzt, wo er älter wurde, war er mehr auf seine Frau angewiesen und schimpfte weniger als früher.

So saß sie auch mittwochs in der Bibelstunde. Sie kam bei Wind und Wetter, Schnee und Regen. Und immer wieder sagte sie, was sie bewegte: »Wenn doch mein Mann zu Jesus finden würde!«

Da passierte der Unfall. Ihr Mann wurde nicht weit weg von ihrer Wohnung von einem Auto angefahren. Spät am Abend war er betrunken nach Hause gewankt und hatte nicht auf die vorüberfahrenden Autos geachtet. Man holte seine Frau aus dem Bett. Schnell war sie an der Unfallstelle. Sie bettete den Kopf ihres sterbenden Mannes in ihren Schoß. So starb er, noch bevor der Krankenwagen kam.

Darunter litt sie unsagbar, daß er den Frieden mit Gott nicht mehr gefunden hatte. In ihrer Liebe hatte sie ihren Mann nie aufgegeben.

Schimpfen ist nötig

Als ich das Telefon abnehme, höre ich eine erregte Stimme: »Das hätte ich mir gleich denken können, daß nur ein Pfarrer solch einen Unsinn schreiben kann!«

Erst langsam kapiere ich, was den Mann so verärgert. Er hat meinen Leserbrief in der Zeitung gelesen, in dem ich mich für Israel und die Juden eingesetzt habe.

»Nun weiß ich, was ich von meiner Kirche zu halten habe!« schreit der unbekannte Anrufer ins Telefon. Und er unterstreicht das noch mit wüsten und zornigen Schimpfworten. So empört ist er.

Mir fällt es da wirklich schwer, still zu sein und nur zuzuhören. Mit dem fremden Unbekannten zu zanken, dazu habe ich aber auch keine Lust. Mit keinem sachlichen Wort geht er auf meinen Brief ein und das, was mir wichtig ist.

Was kann bloß hinter solch einer maßlosen Erregung stehen? Darüber denke ich nach, während der Mann am Telefon noch immer tobt.

»Wo ist denn der Gott der Liebe?« Als ich das höre, stutze ich. Das klingt ja wie ein verzweifelter Schrei. Darum frage ich nach: »Sie haben viel Schweres und auch Enttäuschung mit Menschen erlebt. Was war das?«

Langsam und stockend erzählt jetzt der Fremde, wie sein Kind mit sieben Monaten gestorben ist.

»Da war kein Gott der Liebe, der mir half!« klagt der Mann bitter. Es ist einen Augenblick still in der Leitung.

»Ich verstehe Sie gut«, sage ich schließlich. »Ich würde gerne mit Ihnen über all das reden.«

Ich kann zuhören. Ausführlich erzählt der Fremde von langen Wochen des Wartens und Hoffens. Er hat sein Kind unbeschreiblich geliebt.

»Ja, Sie haben recht!« stimme ich ihm zu. »Es gibt furchtbar viel Leid und Elend in der Welt.«

Und dann erkläre ich mit einfachen Worten, wie Jesus diese Welt durchlitten hat und durch all die Ängste gegangen ist. Jesus ist der einzige Trost und Halt für mich.

Als ich darüber spreche, ist der andere ganz still geworden. Er hört aufmerksam zu. Ist ihm das neu? Hat er das noch nie gehört? Es wird ein sehr langes Telefongespräch. Nicht von Nahost oder anderen heiklen politischen Streitfragen sprechen wir. Es geht nur noch um Jesus und was er uns bedeutet.

Der Fremde, dessen Name ich nicht kenne, erzählt vom Sterben seiner Mutter. Das muß vor wenigen Monaten gewesen sein. Ihre Nähe hat ihm viel bedeutet. Mit dem Verlust und der Trauer wird er nicht fertig.

Er weint jetzt laut am Telefon. Und er erzählt, wie er täglich zum Grab der Mutter auf dem nahegelegenen Friedhof geht.

»Sie müssen wissen, ich bin ein herzensguter Mensch. Niemandem tue ich etwas zuleide.« Und er berichtet auch, wie er seine Mutter bis zum letzten Tag daheim gepflegt hat. »Ich wollte sie nicht in ein Pflegeheim geben!«

Kann man das so stehenlassen? Ich muß da widersprechen.

»Mich klagen täglich meine Versäumnisse an. Mich belastet viel Schuld.«

Und dann sprechen wir darüber, wie wir mit guten Taten nicht unsere Versäumnisse abdecken können. Nachdenklich hört der andere zu.

»Ich würde heute auch viel in meinem Leben anders machen«, sagt er offen. Er hat das so leicht dahergeredet vorhin mit der guten Art. Doch damit versucht man ja oft, sein unruhiges Gewissen zu besänftigen. Auch dieser Mann macht sich im Grunde fortwährend Selbstvorwürfe.

Jetzt endlich können wir über Schuld reden. Es geht ganz konkret um die Frage, wie unser Leben neu wird vor Gott. Vor den Menschen kann man noch Theater spielen, doch er durchschaut uns ganz.

Es wird eine ganz offene und ehrliche Aussprache und Seelsorge. Dabei haben wir uns noch nie gesehen.

Als ich schließlich den Hörer auflege, bin ich selbst betroffen. Was für eine Not hinter dem bösartigen Schimpfen ans Licht gekommen ist! Das erregte Brüllen ist nur ein Zeichen der Hilflosigkeit gewesen.

Es sind kleine Anlässe, über die andere stolpern und sich ärgern. So manches Geplänkel hat sicher nicht nur vordergründige Ursachen. Dahinter steht das Suchen nach einer klaren Antwort auf die heillosen Lebensnöte.

Seitdem bin ich in großer Unruhe. Meine täglichen Gespräche sollen nicht an der Oberfläche bleiben. Ich will gerne durchstoßen dorthin, wo Menschen verzweifelt nach Gott schreien und seine Hand nicht fassen können.

Wenn wir doch Menschen mehr ins Herz sehen könnten!

Auf einen Talar kann man verzichten

Es war auf einer Jugendfreizeit in Österreich.

Abseits vom großen Verkehr hatten wir eine baufällige Hütte in einem kleinen, stillen Bergtal gemietet. Auf einem uralten Feuerherd in der Küche wurde das Essen gekocht. Den jungen Leuten gefiel es, einmal wie die Bergbauern in alter Zeit zu leben.

Wir genossen die herrlichen Tage, angefüllt mit Wanderungen über die Bergketten und gemütlichen Abenden in der engen Wohnstube.

Am meisten blieb uns allen aber doch ein Erlebnis in dem etwa eine Stunde entfernten Kurort in Erinnerung.

Wir hatten dort an einem Regentag im beheizten Freibad geschwommen. Auf dem Heimweg kamen wir beim Verkehrsverein vorbei.

»Wann ist denn am Sonntag Gottesdienst?«

Die Antwort verblüffte uns: »Hier gibt es keinen!« Dabei halten sich in dem Ferienort einige tausend Urlauber auf.

»Dann machen wir eben einen Gottesdienst«, sagten die jungen Leute, ohne sich das lange zu überlegen.

Der Kurverein stellte uns einen Saal zur Verfügung.

Im Schreibwarenladen kauften wir Karton und Farbe und dann brachten wir unsere Hinweisschilder an markanten Stellen an.

In Gruppen gingen die jungen Leute in Pensionen und Hotels, um dort zum Gottesdienst am Sonntag einzuladen. Auf der Straße sprachen sie mutig die Urlauber an. Nur im Hotel »White Star« warf sie der Chef hinaus. Offenbar nahm er die jungen Leute nicht ernst. Doch die anderen Leute waren freundlich.

Dann kam der Sonntag.

Eine Stunde vor Beginn sangen die Mädchen auf der Straße ihre Bekenntnislieder. Die Urlauber horchten auf, als sie zwischendurch im Sprechchor riefen: »Wir laden Sie ein . . .«

Ganz anders als gewohnt war dann der Gottesdienst. Talar, Kanzel und Orgel fehlten. Uns störte das nicht. Als Prediger hatte ich nur einen naßgeregneten Anorak. Es gab auch keine Gesangbücher. Wir mußten uns auf ganz bekannte Liedverse beschränken.

Zu unserem großen Erstaunen war der Saal gerammelt voll. Einige Besucher mußten sogar stehen. Und was uns allen damals eindrücklich wurde, das war Gottes Wort, das zu uns sprach.

Wie oft hat man gerade im Urlaub dafür keine Zeit.

Streit um Jesus mit Pfiffen und Buhrufen

Hoffnungslos überfüllt war die riesige Messehalle. Viele Tausende drängten sich zu einer ungewöhnlichen Veranstaltung.

»Streit um Jesus« hieß das Thema. Schon Monate vorher war die Stimmung durch öffentliche Polemik aufgeheizt, die Fronten zwischen zwei Lagern aufgerissen.

Der Bibelstreit hat die christlichen Gemeinden bis hin zum letzten Dorf in ihren Fundamenten erschüttert. Sind die biblischen Berichte glaubwürdig und verläßlich oder nur von den Jüngern zusammengedichtete Legenden?

Nun sollte es bei der Großveranstaltung nicht um irgendwelche nebensächlichen Themen gehen, sondern um die Mitte des Glaubens. Längst war Jesus Christus selbst ins Kreuzfeuer geraten. Hat er wirklich leibhaftig den Tod besiegt am Ostermorgen? Wie kann alte Schuld vergeben werden? Wird am Ende der Weltgeschichte Jesus wiederkommen?

Manche der Theologen waren von dem großen Interesse, das diese Veranstaltung fand, überrascht. Sie hatten vorher gewitzelt, der Streit werde ein Reinfall. So berauscht waren sie von der bunten Vielfalt aktueller politischer, sozialer und gesellschaftlicher Themen, daß sie den »Streit um Jesus« als einen »Streit zweier Altersheime« abtaten.

Andere sagten kurz und bündig: »Der Streit um Jesus lohnt nicht.«

Aber nun war alles ganz anders gekommen. 9000 Menschen versammelten sich in der großen Halle. Hauptsächlich junge Leute lagerten dicht gedrängt in den Gängen vor dem Podium auf dem Boden. Wenn man in die gespannten Gesichter schaute, konnte man meinen, bei einer großen politischen Protestdemonstration zu sein.

Einige hatten sogar eine große rote Fahne mitgebracht und saßen provozierend ganz vorne, um für eine Weltrevolution zu werben.

Von den vielen Menschen war die Luft stickig und dunstig. Unter dem Glasdach breitete sich brütend heiße Sommerhitze aus. Die Stimmung war bis aufs äußerste gereizt.

Eine große Tageszeitung schrieb damals: »Es war ein Streit mit spannungsgeladenen Höhepunkten, mit leidenschaftlichen Beifallsstürmen. Mit Beifall, Pfiffen und Buhrufen machte sich die anonyme Masse sogar dann zum Tribunal, wenn von Gott oder Jesus gesprochen wurde.«

Die evangelikalen Teilnehmer wollten mit dem Treffen eine längst fällige Klärung erreichen. Zu groß war für sie die Verwirrung und der Widerspruch in der kirchlichen Verkündigung. Darum erinnerten sie an den Propheten Elia, der einst auch auf dem Karmel das Volk in eine klare Entscheidung gerufen hatte – entweder Gott dienen oder den eigenen Gedanken.

Es sollte sich aber rasch zeigen, daß die meisten Teilnehmer durch die komplizierten Formulierungen der Theologen überfordert waren. Sie konnten deren Bedeutung in ihrer ganzen Tragweite nicht so rasch überschauen. Treue Gemeindeglieder klatschten dann auch noch laut Beifall, wenn ganz unbiblische Aussagen geäußert wurden. Sie merkten es nicht.

Sollte denn nun die Verwirrung noch schlimmer werden? Man mußte sich besorgt fragen, ob denn überhaupt noch eine Klärung möglich war.

Da wurde ausgerechnet die öffentliche Diskussion am Nachmittag zu einem unvergeßlichen Höhepunkt.

Wie bei den vielen tausend Teilnehmern überhaupt eine Aussprache möglich sein könnte, blieb vorher rätselhaft. An den aufgestellten Saalmikrophonen bildeten sich schon lange vor Beginn des Nachmittagstreffens endlose Schlangen. Nur die ersten hatten eine Chance, zu Wort zu kommen.

Der Reihe nach wurden die Mikrophone aufgerufen. Man hatte nur einige Augenblicke Zeit, etwas zu sagen.

Da stellt plötzlich einer die Frage: »Können wir zu Jesus beten oder nicht?« Auf einmal war die komplizierte theologische Diskussion in die Wirklichkeit des Lebens zurückgeholt. Schließlich hatten alle Theologen an diesem Tag ausgesagt, daß Jesus lebe. Doch nun wollte der Frager mehr Klarheit. »Wie lebt Jesus denn?«

Der Referent am Podium wich aus. Er wollte die Frage nicht gelten lassen und tat sie als ein wenig inquisitorisch ab.

Schon wurde das nächste Saalmikrophon aufgerufen. Ein den meisten damals unbekannter Mann stand dort, aufrecht und unerschrocken. Er war ein kürzlich aus Afrika zurückgekehrter Missionar. Er berichtete von einem jungen Familienvater, der krebskrank im Sterben lag: »Was hätten Sie dem sterbenden jungen Mann im Blick auf die Hoffnung, die ihm bleibt, gesagt?«

Wieder kam keine klare Antwort vom Podium. Der Referent weigerte sich, »Patentregeln« vor so vielen Zuhörern zu geben. Vielleicht hätte er dem jungen Mann nur gesagt: »Du bist nicht allein!« Und er schloß mit dem Hinweis, daß für Sterbende eine liebevolle Menschenhand sehr wichtig sei.

Nun wurde das nächste Mikrophon aufgerufen. Der dortige Frager bohrte nach, ohne daß das vorher abgesprochen worden war: »Sie haben den Frager vorhin mißverstanden. Er hat Sie nicht inquisitorisch gefragt, ob Sie persönlich zu Jesus beten. Er wollte aber wissen, ob es theologisch erlaubt sei, zu Jesus zu beten.« Das sei schließlich keine liturgische Geschmacksfrage, sondern ein letzter Not-, Dank- und Anbetungsruf zu dem auferstandenen Herrn.

Wieder kam keine Antwort vom Podium. Nur das enttäuschende Wort: »Man kann manchmal mehr fragen, als sieben Weise antworten können.«

Nein, eine wirkliche Klärung konnte dieses Großtreffen nicht bringen. Doch über dem Streit wurde offenbar, daß heute jeder Christ zu einer klaren Entscheidung herausgefordert ist, was er denn von Jesus Christus hält.

Bei vielen, die damals dabei waren, verbindet sich mit der Erinnerung an diese Stunden so etwas wie ein schwerer Alptraum. Sollte das Wort der evangelischen Predigt so verwirrend unklar von Jesus reden?

Doch die beglückende Entdeckung am Ende dieses Tages war, daß ein schlichtes Zeugnis glaubender Christen plötzlich völlige Klarheit schenkt. Das wirkt Gottes heiliger Geist. Es geschieht, wo Menschen Jesus als den auferstandenen und wiederkommenden Christus Gottes laut und ungeniert bekennen.

Das ist heute nötiger denn je.

Wenn Moslems Christen werden

Nur wenige Christen gibt es in diesem von Moslems geprägten Land. Damit hatte ich nicht gerechnet, daß ich dort einen jungen afrikanischen Arzt treffen würde, der bekennender Christ ist.

»Christen verachtete ich von früher Kindheit an«, erzählte er dann. »Selbst Traktate wies ich zurück. Ich wollte mich nicht an ihnen verunreinigen.«

Den ersten Kontakt mit Christen bekam er als Sohn eines Koranlehrers erst mit 16 Jahren. Er wurde zu einem Baseballspiel in einer christlichen Gruppe eingeladen. Er interessierte sich leidenschaftlich für Sport. Dafür wollte er auch die Andacht ertragen, die vor dem Spiel gehalten wurde.

Einige Worte von dem, was da gesprochen wurde, blieben bei ihm hängen: »Wir können mit Gott keine Verbindung haben, weil unsere Sünden uns von ihm trennen!« Genau so empfand er es selbst.

Er sprach mit seinem Vater, dem Koranlehrer, darüber. Wie kann man seine Sünde los werden? Der Vater wußte keine Antwort.

Da besorgte er sich heimlich eine Bibel und studierte sie im Verborgenen. Viele Fragen brachen auf. Auch hier wußte sein Vater keine Antwort.

Mit Freunden plante er am Wochenende einen Badeausflug zum Meer. Er hatte aber Angst, daß er, wenn ein Unfall geschehen und er ertrinken würde, verloren wäre. Er wußte aus der Bibel, daß er sich für Jesus entscheiden mußte. So kniete er in seinem Zimmer nieder und bat Jesus, ihn zu retten. Inzwischen klopften die Freunde an seine Türe und wollten ihn zum Baden mitnehmen. Er erklärte ihnen, er ginge nicht mit, er sei jetzt Christ.

Wenig später warfen ihn seine Eltern aus dem Haus. Die Mutter hatte ihn gefragt, ob es stimme, daß er zu den »Hunden« gehöre. Damit meinte sie die Christen. Der Vater hetzte auch noch die Koranschüler auf ihn. So floh er Hals über Kopf und suchte in einer christlichen Schule ein Unterkommen. Doch das war nicht möglich. So suchte er nachts immer Gelegenheiten, sich irgendwo etwas Geld zu verdienen, damit er tagsüber die Schule besuchen konnte.

Auch das Medizinstudium mußte er sich selbst verdienen. Einmal erregte er großen Anstoß, als ein Professor ihn beobachtete, wie er Patienten im Hospital christliche Schriften gab. Er stellte ihn zur Rede, doch er bekannte freimütig: »Ja, ich will den Menschen den Weg zum Heil zeigen!«

Als Arzt hatte er auch einmal seine Mutter wegen schwerer Malariaanfälle in der Klinik zu behandeln. Als es ihr wieder etwas besser ging, fuhr sie ihn an: »Faß mich nicht an. Du bist nicht mehr mein Sohn!«

Das tat ihm am allermeisten weh.

»Warum macht ihr über das Leiden für Jesus eigentlich immer so viel Aufhebens?« fragte er mich dann. »In den meisten Ländern Asiens und auch in manchen Teilen Afrikas zieht die Bekehrung zu Jesus oft genug schlimme Mißhandlungen und Ausstoßung aus der Familie nach sich.«

Selten habe ich aber einen Menschen gefunden, der mehr für Evangelisation brannte, als dieser Arzt. Er wollte allen Menschen das bringen, was er bei Jesus gefunden hatte. Darum übersetzte er das Neue Testament aus dem Griechischen in die Stammessprache seines Volkes.

Der Herr ist mein Hirte

»Peter liegt im Krankenhaus!«

Unter den jungen Leuten in unserer Gemeinde macht die Nachricht in Windeseile die Runde.

Peter ist beliebt. Nicht nur als Mitarbeiter im Bibelkreis, wo er seit Jahren dabei ist. Auch im Jugendchor hat er von Anfang an mitgesungen.

Er hat sein Abitur glänzend bestanden und ist dafür ausgezeichnet worden. Er stellt das aber nicht angeberisch heraus. Nie ist er andern gegenüber überheblich. Jetzt studiert er Physik und Mathematik.

Als die Freunde ihn im Krankenhaus besuchen, sieht es sehr ernst aus. Die Ärzte stellten eine unheilbare Bluterkrankung fest. Peter liegt matt und kraftlos im Bett.

Am nächsten Tag besucht ihn die Leiterin des Jugendchores. Er kann nicht viel sprechen. Schwach kommt es von seinen Lippen und doch ganz deutlich: »Ich freu mich auf die Herrlichkeit!«

Seine Freunde können es nicht glauben. Peter war doch gerade noch unter ihnen, gesund und voller Pläne. Noch vor wenigen Wochen ahnte niemand etwas von der tückischen Krankheit. Mit seinen 21 Jahren sah er immer sportlich und vital aus.

Doch in diesen letzten Tagen seines Lebens tut er seinen Freunden einen großen Dienst. Die meisten von ihnen sind noch nie dem Tod begegnet. Jetzt spricht Peter offen mit ihnen darüber.

Einmal erinnert er seine Freunde an das Lied, das wir so oft zusammen mit der Gitarre gesungen haben:

Im Kreuz ist unsre Kraft verborgen,
nimm sie nur gläubig an.
Geh Schritt für Schritt und laß ihn sorgen,
er führt auf rechter Bahn.

Und dann spricht er mit letzter Kraft den ganzen Refrain mit:

Denn die da harren auf den Herrn,
kriegen neue Kraft,
sie fahren auf mit Flügeln wie Adler.
Sie laufen ohne matt zu werden,
wandeln ohn Ermüden.

Die Eltern sitzen in der Nacht vor dem Sterben an seinem Bett auf der Intensivstation. Da bittet Peter den Vater: »Lies mir etwas aus meiner Bibel!« Der Vater schlägt auf, wo das Buchzeichen steckt. Es ist der 23. Psalm:

Der Herr ist mein Hirte,
mir wird nichts mangeln.
Er weidet mich auf einer grünen Aue
und führet mich zum frischen Wasser.

Der Vater stockt. Paßt das hier auf der Intensivstation? Da sind doch nur die Apparate und Schläuche. Doch Peter drängt, er möge weiterlesen.

Er erquickt meine Seele.
Er führt mich auf rechter Straße
um seines Namens willen.
Und ob ich schon wanderte im finstern Tal,
fürchte ich kein Unglück;
denn du bist bei mir,
dein Stecken und Stab trösten mich.

Die Frau mit dem Kopftuch

»Nur alte Frauen!«

Dem Jungen ist das eben so über die Lippen gerutscht. Abwertend ist es bestimmt nicht gemeint, mehr im Übermut ein wenig kraß ausgedrückt.

»Kennst du die alte Frau mit dem Kopftuch?« Gerne greife ich das mit den alten Frauen in der Kirche auf. Treu wie wenig andere sitzt da in der zweiten Reihe beim Gottesdienst eine Heimatvertriebene.

»Vom Sehen kenne ich sie«, sagt der Junge. »Mehr weiß ich aber nicht von ihr.«

Sie hat mir auch erst nach Jahren aus ihrem Leben erzählt. Jetzt wohnt sie in einem kleinen Zimmer, das nur schlecht zu heizen ist, über dem kalten Keller. Früher hatte sie mit ihrem Mann zusammen einen großen Hof im Osten. Knechte und Mägde versorgten die große Landwirtschaft.

Im Sommer feierten sie die Missionsfeste. Dann wurde die Tenne ausgeräumt. Alle Besucher wurden großzügig mit Essen und Trinken bewirtet. Man war gerne gastfrei.

Sie hat mir auch erst nach langem Zögern von ihrem Weg zu uns erzählt.

Mit erstarrtem Gesicht erzählte sie mir von jenen schrecklichen Tagen, als die Ostfront zusammenbrach. Auf Pferdefuhrwerken mußten sie fliehen. Den großen Hof und das liebgewordene Heim ließen sie zurück.

Mitten im kalten Winter wurde der Zug des Elends von den feindlichen Truppen eingeholt.

Die fremden Soldaten wollten sich an den Frauen vergreifen. Ihr Mann stand auf und stellte sich schützend vor seine Frau.

Ein Schuß krachte los. Blutüberströmt brach der mutige Mann zusammen. Seine Frau beugte sich über den Sterbenden und legte seinen Kopf in ihren Schoß.

Da traf ein Stiefel den Sterbenden. Die Frau mußte aufstehen und durfte nicht einmal ihren Mann die letzten Minuten im Sterben begleiten.

Über diesen schweren Erlebnissen fand sie erst vor Gott Frieden. Sie hat als Lieblingswort: »Wenn mir gleich Leib und Seele verschmachtet, so bist du doch, Gott, allezeit meines Herzens Trost und mein Teil« (Ps 73,26).

Als ich dem Jungen dies alles erzähle, nickt er. Mit ganz anderen Augen sieht er jetzt diese Frau an. Das Kopftuch und das faltenreiche Gesicht besitzen ein besonderes Geheimnis.

Da ist jemand, der im Glauben gereift und bewährt ist. Seitdem bewundert er die alte Frau und schaut zu ihr auf.

Der Jazzfan

An vielen Krankenbetten habe ich schon gestanden. Es hat mich immer wieder schwer erschüttert, wie viele Kranke bis in die letzten Stunden ihres Lebens stolz Gott abweisen und ohne ihn zurechtkommen wollen.

Und doch geschieht auch das große Wunder, daß Menschen in schwerer Krankheit umkehren und Frieden mit Gott finden. So erlebte es eine Frau aus unserer Gemeinde, die ihren Mann im Krankenhaus besuchte.

Da lag doch im gleichen Zimmer, nur ein Bett weiter, ein völlig verzweifelter Mann. Eine unheilbare Krankheit war bei diesem Patienten, einem erfolgreichen Kaufmann, ausgebrochen. Monate lag er schon im Krankenhaus. Doch die Ärzte konnten nicht helfen. Verzweifelt lag er da. Es gab keine Hoffnung mehr auf Besserung.

Früher war er weit bekannt gewesen für seine unbändige Lebensfreude. Er war aktiv in einer Vielzahl von Vereinen gewesen. Eine große Sammlung von Platten aus allen Bereichen der Jazzmusik hatte er aufgebaut. Nun mußte er mit 54 Jahren sein Geschäft aufgeben.

Die Frau sprach bei ihren Besuchen mit ihm offen über den Glauben. Er war interessiert – von seinen Schallplatten her. Die Texte der Spirituals, besonders aus dem Alten Testament, hatten ihn schon immer fasziniert. Jetzt wurde dies für ihn der Zugang zum Evangelium.

Schon nach den ersten Kontakten wurde der Krebskranke nach Hause entlassen. Die Ärzte im Krankenhaus konnten nichts mehr für ihn tun. Die Frau besuchte ihn dort regelmäßig weiter. Der Kranke wollte mehr von Jesus wissen. Seit seiner Konfirmation hatte er keine Kirche mehr besucht. Still hörte er zu, als die Frau mit ganz einfachen Worten davon erzählte, wie Jesus unsere Schuld am Kreuz trägt und uns durch den Tod zum neuen Leben führt.

Da begann er, die Bibel zu lesen. Auch einige christliche Bücher ließ er sich geben, obwohl er in jener Zeit schon sehr schwach war, weil er kaum mehr etwas essen konnte.

Wenn dann die Freunde von früher zu Besuch kamen, begriffen sie nicht, was da geschehen war. Der Kranke war völlig verändert. Er erzählte jedem, der ihn besuchte, wie Jesus Christus Hoffnung über den Tod hinaus gibt. Mit schwacher Stimme legte er es seinen Freunden ans Herz, doch Jesus nicht länger abzuweisen und sich nicht darum zu kümmern. Er sei glücklich, ganz Jesus zu gehören, lebend und sterbend.

Wir feierten das Abendmahl zusammen. Er hatte darum gebeten und wollte vorher, daß ich ihm erkläre, was Jesus uns damit schenkt. »Es liegt bei mir leider alles so weit zurück!« sagte er.

Und dann verabschiedete er sich nachher von mir mit den Worten: »Ich habe diese Krankheit bekommen, damit ich zum Glauben finde. Ein Leben ohne Jesus kann ich mir nicht mehr vorstellen! Er wird mich durch den Tod hindurchbringen.«

Er freute sich über jeden, der ihn im Glauben stärkte. Wenn man ihm ein Bibelwort sagte, leuchtete das von Schmerzen gezeichnete Gesicht plötzlich auf: »Gott wird abwischen alle Tränen von ihren Augen, und der Tod wird nicht mehr sein, noch Leid noch Geschrei noch Schmerz wird mehr sein. Siehe, ich mache alles neu!« Er sehnte sich, endlich dort zu sein.

Das Leiden wurde schwerer. Kein Schmerzmittel sprach mehr an. Er hatte furchtbare Krämpfe und bekam schließlich Morphiumspritzen in immer kürzeren Abständen. Vor Schwäche und Müdigkeit konnte er die Augen kaum mehr öffnen. Doch dankbar drückte er die Hand, wenn man von Jesus sprach, der durch die Tiefen der Krankheit mitgeht. Dann ging er im Frieden heim.

Es war ein schwerer Weg gewesen, die schlimmen

Schmerzen und die furchtbar tobende Krankheit. Doch die Frau, die einst im Krankenhaus die ersten Kontakte zu diesem Patienten geknüpft hatte, erinnerte mich jetzt an das Wort des Apostel Paulus: »Die Betrübnis, wie Gott sie will, wirkt eine Buße zum Heil, die niemand bereuen muß« (2 Kor 7, 10).

Ein Besuch im Todeslager

Es ist still geworden um Uganda, das einst blühende und fruchtbare Musterland Ostafrikas. Nach dem menschenverachtenden Terror des Diktators Idi Amin fand das Land keinen Frieden mehr. Seit Jahren tobt der Bürgerkrieg weiter. Immer wieder hört man von Mordanschlägen, Plünderungen und Hunger.

Für zwei Tage bin ich von Nairobi nach Kampala gereist. Mit der Aktion *Hilfe für Brüder* wollen wir einige medizinische Hilfsprogramme für die notleidende Bevölkerung an Ort und Stelle besprechen.

»Der Bischof nimmt uns mit in ein Todeslager!« Mein Freund kommt am frühen Morgen und drängt zum Mitgehen. Niemand spricht offen über jene Vernichtungslager, mit denen die damalige Regierung den einflußreichen Stamm der Baganda unterdrücken wollte. Werden wir Zugang bekommen?

Wir fahren in einem Wagen der Kirche, bis über das Dach schwer beladen mit Hilfsgütern. Das früher so stolze Kernland dieses Stammes der Baganda sieht trostlos aus. Jetzt stehen die Dörfer leer. Die Häuser sind zerstört, die Fenster herausgerissen, der Hausrat geplündert.

Auch an zerstörten Kirchen kommen wir vorbei. Es wirkt gespenstisch, wie die verlassenen Ruinen schon teilweise zugewachsen sind. Manchmal hausen dort noch Soldaten. Wo früher ein Markt war, haben sie Straßensperren aufgebaut und kontrollieren mißtrauisch. Doch nur ganz selten verkehrt hier ein Fahrzeug über die von tiefen Schlaglöchern übersäte Straße.

Dann stehen wieder Soldaten auf der Straße. Wir sind am Ziel. Hunderttausende von Ugandern wurden von der Regierung in solchen Lagern zusammengetrieben. Dort hausen sie auf engstem Raum in primitiven Strohhütten auf dem Lehmboden. Gefährliche Krankheiten gehen um. Die Sterberate ist hoch.

Pfarrer der anglikanischen Kirche von Uganda haben die Erlaubnis, im Lager Besuche zu machen. Diesmal haben sie gebrauchte Kleidung mitgebracht, die deutsche Christen gesammelt und nach Uganda versandt haben. Die Aktion läuft in aller Stille seit Jahren. Ein schwäbischer CVJM macht da mit, eine Frauengruppe im Ruhrgebiet, eine Gemeinde russischer Rückwanderer und manch andere.

Die Soldaten untersuchen das Fahrzeug. Wir vermuten, daß sie sich selbst einige Kleider wegnehmen wollen. Sie haben wohl seit Monaten keinen Sold mehr bekommen.

Wir sind froh, daß uns die Soldaten für einige Momente nicht beobachten. Ich mache Fotos von diesem Todeslager. Bei uns daheim glaubt niemand, daß es so etwas gibt.

Die Leute im Lager strömen schnell zu einer großen Menge zusammen. Sie haben unsere Ankunft bemerkt. In der prallen Sonne stehen sie geduldig und wollen zuerst einen Dankgottesdienst feiern. Nachher stellen Tausende sich in Reih und Glied auf, obwohl die Gaben nur für einige wenige reichen können.

Die meisten haben auch kleine Töpfe mitgebracht in der Hoffnung, vielleicht etwas Milchpulver für die Säuglinge zu bekommen. Doch zu essen gibt es nichts.

Den Anblick werde ich nie vergessen, wie eine Mutter niederkniet und nur um ein altes Kleidungsstück für ihr Kind fleht. Sie blickt mich an und ich sehe, daß die schwarzen Kraushaare auf dem Kinderkopf schon rötlich gefärbt sind von den Mangelerscheinungen des Hungers. Aber wir haben nichts mehr. Alles ist verteilt.

Am Schluß stehen wir vor unzähligen Gräbern am Rand des Lagers. Aus Stroh und Gras sind schlichte Kreuze darauf gesetzt.

Das Bild läßt mich nicht los: Das Kreuz Jesu über diesen hingemordeten und verhungerten Menschen, die dort begraben sind. Wie hilflos und ohnmächtig sind alle unsere Aktionen gegen das massive Unrecht in der Welt!

Diese Menschen haben selbst die letzte Antwort gefunden, die Jesus uns gibt unter seinem Kreuz:

»In der Welt habt ihr Angst, aber seid getrost, ich habe die Welt überwunden« (Joh 16,33).

Open air ist selten wasserdicht

Strahlend blauer Himmel. Fröhlich sitzen alt und jung auf einer schattigen Wiese. Wieviel unvergeßlich schöne Missionsfeste und Glaubenskonferenzen haben wir erlebt!

Später habe ich dann aber auch die besorgten Debatten unter den Verantwortlichen mitbekommen. Wenn man planen will, muß man auch mit schlechtem Wetter rechnen. Open air, wie schön es auch sein mag, Schutz vor Regen ist nun einmal nicht garantiert.

Besonderen Eindruck hat mir immer ein bekannter Evangelist gemacht, der sich heftig erregen konnte, wenn er so sicher dahergeredete Sprüche hörte, als ob Glaubende nie naß würden.

»In meiner Bibel stehen große und wunderbare Verheißungen Gottes, aber keine gegen den Regen«, sagte er dann.

»Aber wir beten und trauen Gott Großes zu«, sagten die anderen und rieten, das Treffen unbesorgt im Freien zu planen.

In der Zwischenzeit bin ich oft naß geworden bei solchen Treffen. Besonders schlimm war es vor Jahren in Nordhessen. Als wir am Vorabend das Festgelände besichtigten, waren wir ganz beglückt und bezaubert von der lieblichen Waldwiese. In der Abendsonne leuchtete das Grün. Als wir dann wenig später im Radio den Wetterbericht hörten, verlachten wir in trotzigem Glaubensmut die pessimistische Prognose.

Aber dann fegten am nächsten Morgen naßkalte Regenwolken über den Festplatz und die leeren Bänke, wo sich einige Getreue in ihre Regenmäntel kauerten. Unermüdlich hofften wir weiter und sprachen dann von einer möglichen Besserung am Nachmittag.

Was kam, war noch viel schlimmer. Dazu war es kalt und windig. Es ist mir heute noch peinlich, daß auch ich irgendwann völlig durchnäßt früher aufbrach und heim fuhr. Es war eine Katastrophe.

Das erzähle ich deshalb, weil wir viele reale Wunder Gottes unter drohenden dunklen Regenwolken erlebt haben. Diese Eindrücke bleiben unvergeßlich.

Es war beim Gemeindetag 1978 auf dem Stuttgarter Killesberg.

»Schäden in Millionenhöhe. Rings um Stuttgart überschwemmte Straßen und Keller. Feuerwehr und Hilfsdienste pausenlos im Einsatz.«

Das stand 24 Stunden vor dem großen Treffen in den Zeitungen. Ein heftiger Wolkenbruch war niedergegangen. Einige sprachen von den heftigsten Regenfällen seit 30 Jahren, andere vom Jahrhunderthochwasser.

Ausgerechnet an dem Tag las man im Losungsbüchlein

das Wort: »Betet den an, der gemacht hat Himmel und Erde und Meer und die Wasserbrunnen!«

Im Vorbereitungsbüro des Gemeindetags stand das Telefon nicht mehr still. Aus dem Neckartal, aber auch aus dem Remstal riefen sie an: »Wir können nicht kommen. Unsere Keller stehen unter Wasser!«

Andere fragten am Telefon, ob die Hallen geheizt sind. Was sollten wir sagen, wo doch die vielen Teilnehmer zu einem beträchtlichen Teil nur in Freiluft-Veranstaltungen unterkommen konnten? Deshalb rieten uns einige der Verantwortlichen: »Verlegt die Jugendversammlung ins Zirkuszelt auf dem Wasen!«

Wie sollte es mit der Schlußveranstaltung im Tal der Rosen gehen? Entmutigend war die Rückfrage beim Gartenbauamt der Stadtverwaltung. »Unmöglich können Sie morgen die Wiese betreten. Das geht nicht einmal mit Gummistiefeln.«

Und es regnete weiter in Strömen. Immer wieder liefen wir ans Fenster und schauten hinaus. Keine Besserung war zu sehen.

Um 19.00 Uhr kam der Anruf vom Musikgeschäft: »Wir konnten das Klavier nicht für die Freiluftkonferenz aufstellen. Wir haben es wieder mitgenommen. Nur wenn morgen eine Überdachung da ist, bringen wir es.«

Das war genug. Wo sollten wir jetzt eine Überdachung herbringen? Von jetzt ab ließen wir das Telefon klingeln und nahmen den Hörer nicht mehr ab.

Und dann schenkte uns Gott einen unvergeßlichen Gemeindetag unter dem Wort. Es kamen doppelt so viele Menschen wie erwartet. Die Messehallen konnten gar nicht alle Besucher fassen. Trotz der schlechten Witterung drängten sich 5000 junge Leute auf 1500 Sitzplätzen und um die Freilichtbühne herum. Zur Entlastung der überfüllten Hallen konnte eine weitere Freiluftveranstaltung durchgeführt werden.

Zum Abschluß versammelten sich 50000 Teilnehmer

im Tal der Rosen, wie geplant. Auf der Wetterseite war der Himmel grau verhangen. Besorgt schauten einige zu den dunklen Wolken hinauf. Doch bis jetzt war an diesem Tag kein Regen gefallen.

Im Losungsbüchlein hieß es für diesen Tag: »Wenn ihr umkehrtet und stille bliebet, so würde euch geholfen!«

Sieben Jahre später beim Gemeindetag unter dem Wort 1985 herrschte wunderbares Sommerwetter. Wieder waren wir auf dem Stuttgarter Killesberg zusammen. Weit mehr Menschen als erwartet kamen zusammen. Unter dem Thema »Nicht vergeblich« wurden in allen Hallen Arbeitsgruppen angeboten. Sie konnten die vielen Besucher nicht fassen. Die Ansprachen mußten ins Freie übertragen werden. Tausende saßen an dem schönen Tag auf den Wiesen des Parks und hörten dort zu.

Während dann am Nachmittag die 60 000 Teilnehmer zur Schlußveranstaltung zusammenströmten, braute sich ein schweres Unwetter zusammen. Ein heftiger Wind trieb schwarze Wolken direkt auf uns zu. Die Verantwortlichen auf dem Podium der Schlußveranstaltung im Tal der Rosen sorgten sich. »Ich lasse meine Ansprache wegfallen!« sagte der Abschlußredner. »Dann kommen die Leute vielleicht noch trocken zu ihren Bussen.«

Einstimmig wehrten wir diesen Vorschlag ab. Aber die Angst ließ mich nicht los. Unheimlich dunkel zogen die Regenwolken heran. Konnte das gutgehen?

Da sang der Chor:

> Du bist unsre Zuversicht. Du bist unsre Stärke.
> Herr Jesus Christus, du bist unsre Freude.
> Herr Jesus Christus, wir preisen dich.
> Über allen Fragen dieser Zeit
> und der Angst, die uns verblendet,
> bist du doch der Herr in Ewigkeit
> und dein Plan wird vollendet!

Da kann man nur noch danken, weil Gott es recht macht. So schloß auch die Veranstaltung mit dem großen Lobchoral »Nun danket alle Gott!«

Die vielen Teilnehmer strömten zurück auf die Parkplätze und zu den Bussen. Wenig später brach ein schwerer Regen los. Alle hatten noch in Ruhe ihren Wagen erreichen können. Glücklich und erleichtert fuhr ich heim. Erst jetzt wurde mir bewußt, daß bei der Schlußveranstaltung im Freien die Wolken einen angenehmen Schutz vor der stechenden Sonne geboten hatten. Besser hätte es gar nicht sein können.

Nur noch kurz stoppte ich beim Heimfahren bei dem Polizisten, der dort vor dem großen Parkplatz beim Killesberg den Verkehr regelte:

»Vielen Dank, daß Sie für uns im Regen ausharren!«

Er grüßte lächelnd, während das Wasser von seiner Schirmmütze tropfte.

Leseprobe aus »Zum Leben hindurchgedrungen« von Winrich Scheffbuch

Ganz in Schmerzen eingehüllt

Rosemarie Pohl starb im Alter von 37 Jahren. Schon als sie 14 Jahre alt war, erkrankte sie schwer an Rheuma. Bald ging es nicht mehr ohne Krücken. Dann brauchte sie einen Rollstuhl. 24 Jahre lang litt sie unter meist heftigen Schmerzen. Oft sagte sie: »Ich bin ganz in Schmerzen eingehüllt!«

So weit sie es noch konnte, verfaßte sie über viele Jahre hinweg Briefe an schwer leidende junge Menschen im Auftrag des Evangelischen Jugendwerkes.

In einem Brief an eine völlig gelähmte, stumme Bekannte schrieb sie:

»Ich wäre aus meinem Katzenjammer bestimmt nicht herausgekommen. Ich bin traurig und bedrückt und kann es nicht verhindern. Aber es wird mir immer wieder weitergeholfen, und ich schäme mich nur über meinen Kleinglauben. Er taucht jedesmal wieder auf, obwohl ich doch nun endlich wissen müßte, daß Gott mir immer im rechten Moment wieder Hilfe geschickt hat.

Aber nicht wahr? Es geht Dir nicht anders. So allmählich lernen wir doch, unserem Herrn mehr zuzutrauen als uns. Und das ist die Hauptsache. Dann sind unsere Jahre nicht vergeblich gelebt. Daß nur Christus geehrt werde auf mancherlei Weise! Hier habe ich noch viel zu lernen. Und gerade Du bist mir hier auch ein Vorbild und Ansporn.«

Aus einem Brief an einen ganz schwer leidenden jungen Menschen:

»Wie herrlich ist es, wenn Jesus Christus immer mehr der Mittelpunkt eines Menschenlebens wird. Und das heißt ja, den Menschen heilen. Ganz, innerlich gesund und froh zu sein, auch wenn der Körper noch so übel dran ist. So macht mich der Gedanke schon seit Jahren froh, daß Jesus der Herr und Mittelpunkt Deines Lebens ist. Deshalb darf ich meinen Wunsch so formulieren, daß Du immer mehr zu einer Kraftquelle für andere Menschen wirst, die innerlich krank und leer sind bei aller körperlichen Gesundheit.

Der Herr schenke Dir die Freude zur Fürbitte in immer größerem Ausmaß. Damit vermittelst Du eine ansteckende Gesundheit und erhältst für Dich selbst Freude und Kraft für Dein Leben. Und dies wünsche ich Dir ebenfalls so sehr.«

Aus einem Brief an eine Freundin:

»Gott gibt mir gerade so viel Kraft, wie ich bei vernünftiger Einteilung benötige. Wenn ich darauf nicht achte, habe ich große Schmerzen, die mir gleich Angst vor einer Verschlechterung machen. Aber es kann mir ja nicht mehr geschehen, als was Gott vorgesehen hat. Was der Herr noch an Wunderbarem und an Schwerem mit uns machen will, ist eigentlich gleichgültig; er ist ja dabei und vergibt alles Verzagtsein. Darüber bin ich besonders froh!«

In einem Rundbrief an kranke junge Leute schrieb sie:

»So ist einem Menschen nichts Besseres zu wünschen, als daß er Gott lieben kann. Aber Gott hat uns zuerst geliebt. ›Er hat seinen eigenen Sohn nicht verschont, sondern hat ihn für uns alle dahingegeben. Wie sollte er uns mit ihm nicht alles schenken?‹ Wenn wir das ›Für uns‹ Gottes in Jesus Christus annehmen – und es ist ein unverdientes Geschenk!, dann kann keine Macht der Welt wider uns sein. Wir können vernichtet werden, aber aus der Hand Gottes kann uns niemand reißen. Gott ist uns näher als uns Freunde sein könnten. Wir sind nicht verlassen. Wir sind in unserer Trauer getröstet. Sein Heil, ja sogar unsere Heilung sind realer als das Unheil unserer Krankheit.«

Und in einem anderen Rundbrief heißt es:

»Das andere scheint mir noch wunderbarer. Gottes Geist führt zur inneren Überwindung auch in den größten Schwierigkeiten und Belastungen. Da geht äußerlich der Druck weiter. Die Hilfe, nach der wir ausgeschaut haben, wird uns nicht oder noch nicht zuteil. Aber die Verhältnisse beirren uns nicht. Wir wachsen über sie hinaus. Wir bleiben im Lieben Gottes. Ja, wir sind mehr als andere mit ihm verbunden, da wir im Leid gereift sind. Möchtest Du doch in allen Fragen immer von neuem ganz festhalten, daß unsere höchste Vollkommenheit nicht in irgendeinem Heldenmut und dem Können besteht, aus menschlichen Fähigkeiten und einem Naturtalent heraus alles zu schaffen, sondern darin, Gottes und seiner Kraft völlig zu bedürfen.«

In ihrem letzten Rundbrief schrieb sie:

»Es war und ist einfach großartig, wie in den größten Nöten, in die ich komme, ich dennoch immer getrost und ohne Furcht sein darf. Der Entschluß, Gott uferlos zu vertrauen, lohnt sich hundertprozentig. Warum läßt Gott das zu? Diese Barriere gibt es da nicht mehr. Ich kann Gott über aller Not meines Lebens recht geben.«

In den letzten Lebenstagen war sie so schwach, daß sie nicht einmal mehr die Bettdecke hochziehen konnte, sie sagte dann:

»Jesus hat mich durchgebracht! Ich kann mich jetzt ganz in seine Hand fallenlassen.«

hänssler

Weitere Bücher von Winrich Scheffbuch

Jenseits der endlosen Meere

Abenteuer Weltmission

Pb., 340 S., zahlreiche Ill.,
Nr. 392.639, ISBN 3-7751-2639-2

Eisige Kälte und endlose Wüsten, Malaria und Ruhr, schwindelnde Hängebrücken, Hochwasser ... Und das nur, um den entlegendsten Völkern das Evangelium von Jesus weiterzusagen! Beeindruckende Berichte, wie Gott oft schwache und unscheinbare Männer und Frauen für seinen Dienst gebraucht und wie diese seine Kraft erleben!

Daß alle Welt von Jesus spricht

Kurzgeschichten aus aller Welt

Tb., 96 S., Nr. 77.617,
ISBN 3-7751-1893-4

32 Kurzgeschichten aus aller Welt lassen die Arbeit der Missionare und Christen vor Ort hautnah miterleben. Winrich Scheffbuch erzählt von seinen Erlebnissen und Begegnungen auf seinen zahlreichen Reisen im Auftrag von »Hilfe für Brüder« und »Christliche Fachkräfte International«.

Bitte fragen Sie in Ihrer Buchhandlung nach diesen Büchern! Oder schreiben Sie an den Hänssler-Verlag, Postfach 12 20, D-73762 Neuhausen-Stuttgart.